现代
设计元素

XIANDAI

SHEJI

YUANSU

影像设计

XIANDAI SHEJI YUANSU YINGXIANG SHEJI

目录

前言

　　19世纪上半叶，经过法国人尼普斯·达盖尔等先辈的不懈努力，在1839年发明了摄影术，从此，影像就逐渐被用于各行各业，特别是在商业艺术设计、印刷方面更是广为使用，它使原来需要经过很多年训练才能画出来的形象，只需经过镜头和显影等摄影技术就能轻易地反映出来，而且可以达到逼真的效果。我们现在所看见的许许多多的商业印刷品和商业喷绘作品都使用了影像元素。

　　目前人们对影像这一元素有着许多方面的研究，如艺术摄影、广告摄影、产品摄影等，但是从影像和艺术设计的角度进行系统研究却不是太多，因此，本书从商业艺术设计的角度对影像的许多方面进行探讨，使我们能够更好地利用影像这一元素为设计服务。

　　商业平面艺术设计是一种实用的美的艺术设计，包括了包装装潢、各类平面广告、企业和产品画册等各类平面媒介的设计内容。这是一种纯粹为商业所用的艺术设计，目的在于提升企业和产品的形象，传达企业与产品的信息，沟通企业和消费者的联系，促销产品，最终使企业达到盈利的目的。影像与商业设计关系极为密切，是商业艺术设计的重要元素之一。

编者写于广西艺术学院

第一节 影像的概念

我们一般把摄影的照片称为影像,摄影之像。影像在词典中被称为摄影术语,指在光学上由透镜或镜子所反映出来的物体形象,这种光学影像需通过感光材料的曝光,洗印后才能被记录和固定下来,也指感光材料经曝光、显影等产生的与被摄体基本相同的平面形象,可分为黑白影像和彩色影像、负像和正像等。古希腊德谟克里特的朴素的反映论学说认为,影像透入感官的"孔道",引起感觉,更精细的可直接作用于灵魂原子,引起思想(理性)。又认为感觉是认识的起点,是思想(理性)的依据与证明。

在此我们可以看出影像是通过镜头客观地反映对象,是具体的、可感知的平面的形象。所谓平面形象是指在平面中形成的具体形象,如照片是平面的,其形象的立体是由于形象中的阴影在我们的视觉经验中产生的立体的幻象。这种平面形象可以使我们接受到形象带给我们的信息,并引起感觉和思维,最终导致思想的产生。

由于现代科学技术的不断发展,数码照相机的产生以及电脑的高速发展,影像的概念已经从原来单一的摄影术语中发展出来,形成了多元化的概念,我们可以说数码影像、电脑影像和胶片影像等。现代影像的创造性更强,我们通过现代科技可以创作出优秀的影像作品。现代科技给了我们更多的启示,使得现代影像变成只有看不见的或想不到的影像,而没有做不出的影像。

在这里我们使用影像这个词而不使用形象,是为了把摄影的形象与手绘的形象加以区别。作为商业平面艺术设计元素之一的影像是非常值得我们进行深入研究的,目的是为我们在进行艺术设计或视觉传达时提供可用的、优秀的影像元素。

图 1-1
这幅影像作品运用强烈的色彩,直观性地表达了人物的美丽与神秘,给人许多联想,在视觉上具有很强的冲击力,令人看后印象深刻。影像就是可以如此地震撼。

图 1-2
这幅影像是一幅德国的户外广告,展现了一幅休闲又有趣味性的场景,影像与设计结合在一起,达到了应有的商业目的。

图 1-3

图 1-4

图 1-3、图 1-4
用影像来说
话。影像与艺
术设计紧密
结合是现代
商业活动的
一大特色。

图 1-5

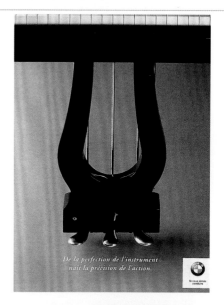

图 1-6

图 1-7

图 1-8

图 1-5至图 1-8　这是一组宝马的广告，影像中并没有直接展示宝马
汽车，而是用十分深邃的色调来拍摄不同乐器上精细的部件，这种
表现给人以出类拔萃的完美与艺术性的视觉感受。同样，乐器细节
的展示使人联想到汽车的细节一样精美，并折射出宝马的企业精神
——细节永远不止于细节。

图 1-9

图 1-9 虽是一幅平面的影像作品,但无论是拍摄角度还是色彩的基调,都给人身临其境的感受。这要求摄影师有很强的摄影技术,通过光影,可以把普通的高楼大厦演绎得如此如梦如幻。这也是影像的巨大魅力。

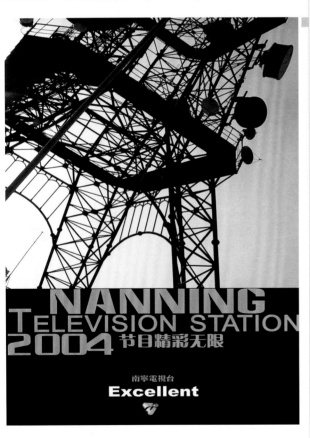

图 1-10

第二节　影像元素及其功能

　　元素即要素,是构成事物的必要因素。平面构成的基本元素就是点、线、面,而构成平面艺术设计的元素则可以是图形、文字和色彩等,其中图形又可以是插图或影像。现代影像已经成为平面艺术设计的主要元素,目前正被广泛地运用着。我们随处可见的广告、包装,绝大多数都是由影像元素占据着主导的地位。所以说影

像元素是构成商业艺术设计的必要因素之一。影像也可以是纯艺术的形象,如摄影作品中的影像就是摄影家创造的艺术作品。在此,我们只讨论商业艺术设计中的影像元素。

　　前面我们说过影像可以引起感觉和思维,主要是影像本身可以带有广泛的信息,可以作为视觉符号传递信息,当影像被观者看见之后,可以引起感觉经验的共鸣,产生驱动效果。现在我们来了解影像有什么样的功能。

一、影像的传播功能

　　影像元素有着优秀的传播功能。首先影像可以作为信息的符号,这是一种具象的逼真的符号。我们对需要的信息内容进行加工创意,并通过对影像创造性的意境构成,就能够传播我们所要传达的信息内容。其次影像的信息构成,在视觉上要比文字的信息构成更有说服力,它是一种直观的信息符号,具有客观性和真实性,更能够抓住人们的视线,更有震撼力。人们通过影像的感染力可以充分接受影像所带来的信息,达到很好的信息传播效果。

图 1-11

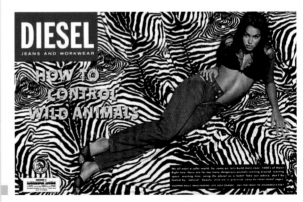

图 1-12

图 1-13

图 1-14

图 1-15

图 1-16 AEG 是德国的家电品牌，在这幅影像中，柔软的丝绸从洗衣机的滚筒中飘逸而来，并且巧妙地结合成为墙上女人的衣服，说明了影像传播信息的功能，让消费者一看就能明白洗衣机优良的性能。

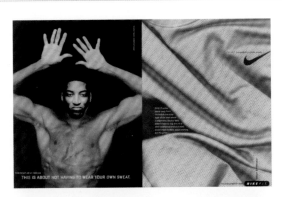

图 1-17

图 1-18

图 1-19

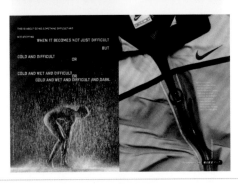

图 1-20

图 1-17 至图 1-20 这是一系列的耐克影像广告，同样运用其产品直接进行展示。衣服的褶皱配合旁边运动员的肌肉线条，形成完美的对比。传播了"耐克运动服的贴身舒适"的设计的信息。

图 1-21

图 1-22

图 1-23

图 I-24

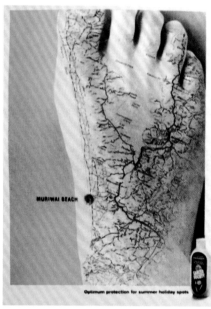

图 I-25

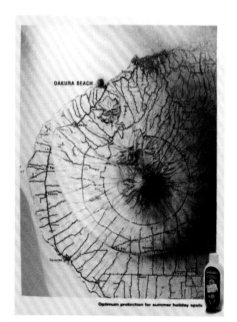

图 I-26

图 I-27
该影像的趣味性很强，一个卡通小人开心地坐在鞋子里，牢牢抓紧鞋面，进行他惬意愉快的旅行。这种富于想像力的创意，传达了该品牌鞋子安全舒适的信息。

二、影像的商业功能

　　影像在商业方面已成为信息传达的主要工具之一。前面我们说了包装、广告等商业设计中需要影像来说话，来告知消费者商品的信息，并帮助说服消费者购买商品以达到商业目的。影像在现代平面商业艺术设计方面的应用已达到了90%以上，这是因为影像是以纪实为基本特征，真实可信并给人以信任感和亲切感。摄影所创造的影像，由于它突出纪实而最容易引人注目。再好的绘画形式或其他视觉形式，都容易给人一种人为加工的感觉，难以让人完全相信，而影像却能把物体的原貌展现出来，使人们毫不怀疑它的真实性，这是其他视觉形式所不能比拟的。除了广告、包装之外，还有企业的形象画册与产品画册，都需要影像来体现企业和产品的形象。因此，影像在商业方面的功能是十分巨大的。本书中我们多以商业广告来谈影像元素的各个方面，因为广告影像是最具创意的内容丰富的影像元素。

图 I-28
Gillette 是全球知名的男性剃须刀品牌，用它剃须干净贴面，安全舒服。此影像展现一男子享受着剃须刀给予他舒服的感受。以他作为广告的诉求形象，无疑对消费者是一种诱导。

图 1-29

图 1-32

图 1-30

图 1-33

图 1-34

图 1-31

图 1-35

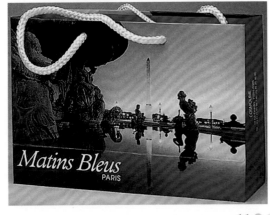

图 1-36

图 1-37

图 1-38

图 1-40

图 1-39

图 1-41

三、影像的审美功能

我们可以从艺术摄影作品中的影像看到和感受到影像的审美功能。大自然的一切事物都可以作为影像的美的资源,如浩瀚的天空和大海、壮观秀丽的山川河流、茂密而神秘的森林、美丽或英俊的人物、可爱的动物等都可以作为影像的审美条件。

我们还可以通过对拍摄物体的加工创作,使影像具有感染力,并直接诉诸情感,引起感情和思想的共鸣。在影像的创作过程中,我们往往要运用各种艺术手法,对影像进行艺术的提炼和强调,使其具有鲜明、生动、直观的美。因此,影像美感的主要特征是赏心悦目的快感,在商业艺术设计中影像的美感还特别强调构成美与形式美在其中的运用。

图 1-29 至图 1-39 把影像摄影运用到产品的广告、包装、画册等各种商业活动中,我们从中可以看到影像在商业活动中的功能。

图1-42　这是一幅纪梵希（GIVENCHY）香水的影像广告。作为国际香水品牌的纪梵希，为了突显自己的高贵华丽的品牌气质，色彩上采用金碧辉煌的调子。把香水瓶子喻为婀娜多姿的女性，衬托出女主角美丽动人高雅的气质，让人联想翩翩，得到美的享受。

图1-45　HARLEY DAVIDSON 香水味道悠雅清新，品牌有自然光彩、性感诱惑的含义。该影像里若隐若现的海市蜃楼，与天地融为一体，美轮美奂，给予人们感官上的享受，体现了该产品打造优美、神秘、魅惑的女性形象。

图1-43

图1-46
影像中一只佩带华丽民族首饰的手紧握着一朵纯美洁白的百合花，整幅画面轻盈动人，正如VERSACE的服饰一样，永远予人温柔细腻，风格清新纯净。

图1-44　影像是一则伏特加的广告，其创意核心都是围绕着瓶子的形状进行构思的。这幅影像呈现了朝阳下南极洲的景色，美景如画，近景就是伏特加的酒瓶形象。

图1-47
美人与鲜花似乎是永远的绝配，紫红色花瓣中躺着一个千姿百媚的女子，宛如落入凡间的精灵。影像极为生动地展示了女性的娇娆姿态。

图 1-48　冠达游轮（CUNARD）是世界上知名的环球航程游轮品牌。这幅影像广告画面中的场景用艳丽落日的冰山，余晖映照下的雪影，极力渲染大自然的无限魅力。如此动人心魄且罕见的景色，冠达游轮可以让旅客感受到。

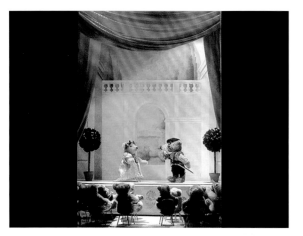

图 1-49

图 1-50　这是一幅房地产影像，画面湛蓝的色调，带来清新透心、纯净自然的家居环境。屹立在画面中央的大理石门，体现出一种天地都有我存在的气魄，在视觉上强调了一种气势美。

图 1-51　这幅影像广告中，美女和帅哥向人们叙述了爱情的美感。一对恋人柔情蜜意，亲密无间。有了 Calvin Klein 香水气息的陪伴，相信他们的深情可以更加打动人心。

图 1-52

第三节　影像的作用

　　影像的作用主要是记录事物、分析事物、创造事物和传达信息、思想。记录事物很容易理解，就是真实地客观地记录和反映生活的各种事物，我们常见的新闻摄影就是记录事物的方法。分析事物主要是通过影像对事物的各个方面包括面貌、结构、质感、角度甚至是局部作全方位的分析，以理解事物，揭示事物的本质。我们常见的科普摄影就是分析事物的一种方法。创造事物是把事物当成素材，经过人们主观意识对对象加工（如运用光、影、色彩等）成为一种美的、有意义的作品，这种作品是对社会、生活或某种影响形式感的内在的揭示，它来源于生活而高于生活。通常我们所见的艺术摄影作品就是创造事物的具体运用。传达信息、思想这一作用就与影像的传播功能密不可分了，影像就是一种传播的工具，不管我们是记录事物还是分析事物或创造事物，影像最后都要给人观看，在观看的过程中人们就自觉或不自觉地接受了影像的信息和其中的思想含义，因此影像传达信息和传达思想是其核心的作用。

　　影像在艺术设计中的作用是将产品或企业商业活动所承载的信息、概念转化为视觉语言，进行形象、艺术的描绘，以此来感染大众的情绪、影响他们的心理，完成商业运作的宣传的过程。在商业艺术设计中我们通常可以运用新闻摄影、科普摄影、艺术摄影等各种方法达到商业设计所需要传达信息的目的。

图 I-56

图 I-55、图 I-56　都是把食物的天然原料和食物展示在一起，使人们对产品面貌有全面的感受。不仅增强了食物的美味诱惑力，同时也直接说明了它们的特性。

图 I-53　这幅影像采用黑白的色彩效果，有意将汽车和女人在视觉上进行了光线的处理，把汽车的质地和款式若隐若现地表现出来，传达一种淳朴怀旧的感觉。

图 I-57

图 I-54　SKY 的数字刻录机是这个广告要表达的诉求重点，利用商品外形将其打扮得像礼品一样，直观形象地表明了产品给人惊喜的信息。

图 I-58　用俯视的角度对汽车的内部进行拍摄，通过艺术手段的处理，露出豪华柔软的坐垫。光线的迷幻和树林的深邃，诱惑了我们的视觉感官。相信这样一款汽车每个人都会迷恋，体现了影像在视觉语言上的作用。

图 I-55

图 I-59

DO·IT·YOURSELF
ELECTRONIC COMMERCE IS LIKE
DO·IT·YOURSELF SURGERY

STERLING
COMMERCE

图 I-61

Do you HAVE a Dream?

图 I-60

这是一幅公益广告,画面中枪的扳手换成了尖利的刀片,上面带着血迹。广告的表现意图明确而尖锐,告诉人们这种力量的危险和可怕。

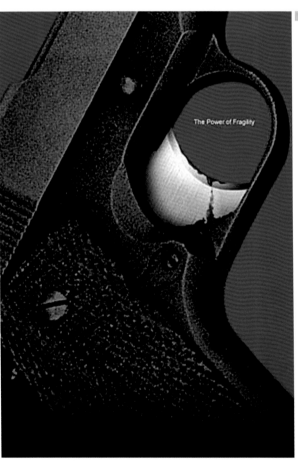

The Power of Fragility

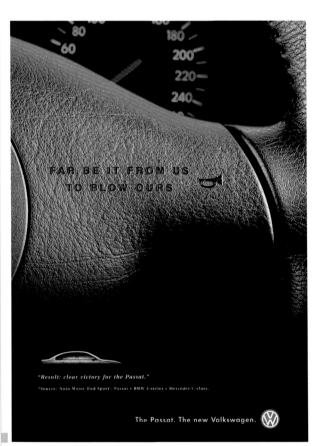

FAR BE IT FROM US
TO BLOW OURS

"Result: clear victory for the Passat."

*Source: 'Auto Motor Und Sport'. Passat v BMW 3 series v Mercedes C-class.

The Passat. The new Volkswagen.

图 I-62

第一节 自然元素

一、光、影影像元素

光是生命之源，它普照大地，让地球上的生物得以生存。在影像的表现中，光是需要设计和发现的，光能够使影像产生优美的意境、形成强大的感染力。大自然的光把世间万物勾勒成一幅幅灵动、络绎缤纷的画卷，成为成功摄影之源，让影像璀璨耀眼。光的照射造成物体有明暗的变化，用来表现物体的轮廓、色调、质感等。根据光线强弱和不同角度可以营造出不同的意境，增强画面的层次感。光线是影像最基本又最重要的元素。

一般来说，光分为自然光和人工光两种，自然光是指太阳光所形成的各种光感，有朝阳、夕阳、正午等阳光光源，它们的色彩色调都不相同。阳光照在物体上就形成了顺光、侧光、逆光等各种光照效果。在影像拍摄时我们要善于发现光所形成的各种美感。人工光就是摄影者使用各种电能灯光源，自己设计布置而成的光源来拍摄物体，一般有直射光、背景光，反射光、辅助光等光源。我们在使用人工光拍摄时，通常也要对顺光、侧光和逆光光位所照射物体后的特征有所了解，才能很好地布置光源。因此我们首先就要认真地研究光源给物体造成的不同效果以及这些光要素的特征。

顺光就是所谓的正面光，它最大的特点是被摄物体均匀受光，色彩真实，饱和，很适合那些强调物体功能性的影像广告，它不需要大肆渲染气氛，具有高度的真实感，细腻逼真地再现对象的原色调和外貌。

侧光是指从被摄体侧处照射过来的光线，它可以让物体的暗面与背景产生一条很明亮的轮廓线，使得被摄物体产生戏剧性的阴阳效果，达到明暗两面的强烈对比，很好地表现物体表面的质感，同时让物体从背景中分离，并具有较好的空间感。

逆光是指从被摄体背面照射过来的光，它使得物体在深暗的背景前产生一条更为明亮的轮廓，从而使得人物及所处的环境有很好的空间立体感，赋予人物强烈的个性。但是由于正面细节被忽略，所以在表现商品信息的影像广告中很少使用。一些商品在突现其外在个性或丰富内涵时使用逆光可以起到良好的效果。

影子的魅力来自光线的投射，它与光相辅相成，彼此错落起伏地交织在一起，苍茫大地，有朝晖夕阴，大自然才有生气。有阴影的物体显得层次丰富。影子的处理可以起到营造环境，有利地烘托主体的作用，并使得本来比较平淡的情景变得精彩。对于人物来说，阴影的运用可以塑造出肃穆、沉静的效果，对于那些要表现主题安静寂寞或庄严神圣气氛的影像广告很有帮助。

阴影的投影有时表现的东西也非常有趣味，因为物体千奇百态的影子，可以让我们大胆去联想，也可以使观者产生非常丰富的联想。

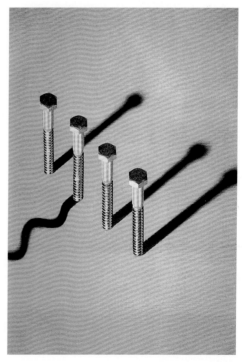

图 2-1

图2-2 一个男子对着自己的影子重重地挥拳，使得影子疼痛弯腰，体现出男子的健壮。这样的事情当然绝对不会发生，可是这个巧妙运用影子的创意，营造了广告的幽默情趣。

图2-3

图2-4 这是一款男式手表的广告，摄影师运用侧光和硬光质，使得人物有很强的立体感，轮廓清晰而浓厚，赋予人物一种刚毅、冷酷的感觉。同时画面黑白灰的色调中，突现手表湛蓝的表身，显眼又不突兀。整个广告很好地体现了该表金属般的质感，传达出该品牌刚劲的气质。

图2-5 这幅影像作品很好地运用了侧光，使得被摄物体产生戏剧性的阴阳效果，光线从物体后面射出，让物体从背景中分离并具有较好的空间感。摄影师在这幅影像的食物与其他物体的颜色搭配中利用色彩的特性，把画面的色彩调和得如此饱和明亮，就像童话中梦幻的色调。

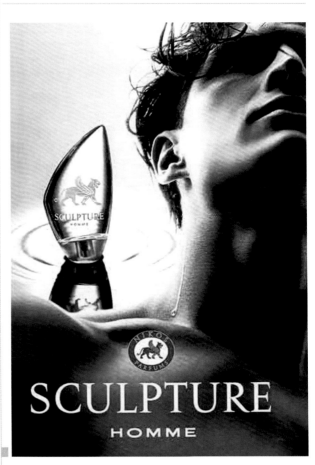

图2-6

图2-7　这是一幅香烟广告，摄影师采用逆光的拍摄手法，让人物在深暗的背景前产生一条明亮的轮廓线，从而使得人物及所处的环境有很好的空间立体感。影像赋予人物强烈的个性，加上冉冉上升的烟雾，给人以很强的视觉感染力。

图2-8　这是一幅可口可乐的产品影像，运用了逆光的拍摄手法，在被摄物体后面放置两只散光灯，由两侧的侧逆光照明物体，使得物体的边缘产生连续的反光。可口可乐瓶子流动形的线条，让整幅影像变得生动柔和。

图 2-9

图 2-10

图 2-11

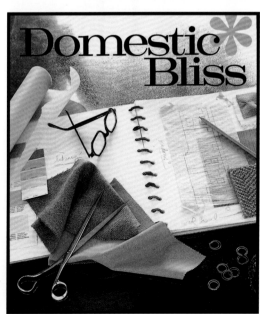

图2-9 至图2-11　三幅影像图片都是利用正面光进行拍摄的，很清晰地表现了产品的原来面貌。

图 2-12　在玻璃杯里装入红色的红酒，在柔和的散光中，这个影像的色调显得如此醉人。通过红色的滤片，营造了一种浪漫柔和的气息。

图2-13　放在角落的单车本是一个不起眼的东西，可是整幅画面的光与影效果极具视觉张力，影子让静物产生了律动。

图 2-14

图 2-15
眼镜的影子与水里石头的形状巧妙结合，光影关系让画面充满层次感，眼镜被赋予生命力，拥有无穷的情趣，尽情享受阳光。

图 2-16
戏剧性地把人物的影子变化成生动的鬼怪形象，让影子的魅力尽展无遗。

二、感受影像色彩的魅力

　　光线投射到物体上，再反射到我们的眼睛，每种介质所反射的光线依波长的不同而呈现不同的颜色。正是由于有了这样一个色彩丰富的世界，不同的色彩给我们感觉情感的内容不尽相同，具体说来就是不同的色相（色彩是由不同的色相组成的整体）以不同的光波长短向外界散发自己的光芒，表达各自独特的特性。不同审美趣味的人对色彩的感知度也是不同的，各种差异带给人们更加不相同的色彩魅力。每幅影像的色彩都拥有自己的情感，它们是有生命的东西，有规律可循，就像春天是黄嫩的绿叶，夏天是热辣火红的太阳，秋天是丰收的橙黄，冬天是轻盈的白色。

　　影像作品中的色彩是给人的第一印象，消费者对其感受首先也是从色彩上得到的。艳丽、跳跃的颜色往往给人醒目的感觉，灰色调的颜色就给人安静、虚无的联想，黑色相便是绝望和空洞的感受……所以在影像表现中，应该注意到色彩的独特个性和象征意味，根据不同的诉求选择色彩搭配。

图 2-17

图 2-18

图 2-19

图 2-20　几种水果的色彩——相映，鲜艳欲滴。是谁都抵挡不了这样丰富的色彩诱惑吧。

图2-21　整幅影像色彩为红色，就像咖啡带给人幸福的感觉一样，咖啡壶的温暖色调使得整个构图饱满，营造出富有温馨气氛的情景。

图 2-22

21

图 2-23　这是贝纳通(BENETTON)品牌，它用颜色来阐释全人类、全民族平等的精神。色彩的强烈反差对比带给我们一种视觉的震撼。

图 2-24　这幅影像在色彩上采取构成的表现方法，十分炫目。视觉上的分割能有效地突出主体，令人们的目光难以躲避，充分显示了色彩无法抗拒的冲击力。这种缤纷时尚的色彩，很适用于一些时尚品牌、服饰、化妆品等的表现，显示出当今人们追求个性的要求。

三、自然景物影像元素

大自然让摄影师、设计师都醉心于其中，无论是江边红叶、夕阳西下，还是旷野山川、崇山峻岭，总让我们的心情舒畅开怀。对于它的讴歌都体现人们追求诗情画意的生活，回归自然的心态。设计中利用风景影像元素，把那些从未见过的景致呈现出来，从视觉心理上得到满足，扩大视觉空间，极大丰富了我们对大自然的向往情趣。天空和山川创造出的空间感和博大气势可以烘托主体的精神，山川与河流产生富有动感的线条，山的倒影与蓝天交相辉映出雄伟的气势。

自然风景影像元素对于那些要表达永恒、生命、发展、美好未来、科技等类型的主题影像具有设计意味。

图 2-25

图 2-26

图 2-27

图 2-25 至图 2-28 这几幅是自然景物的摄影作品，影像绘画蓝天，状写树木，勾勒出大自然的美丽，营造宁静和谐的环境氛围。

图 2-29 这是绝对伏特加酒的影像广告。我们感叹天地一体的感染力，多么神圣沉静，把伏特加酒推到一个屹立于天地间的位置。

图 2-30 这是电影《凶宅》的海报。其拍摄元素运用了阴天独立荒野中的别墅和高高的野草，画面语言上我们就感受到了海报要传达的信息——鬼影幢幢，风声鹤唳。

第二节　人物影像元素

人类的活动极大改变了世界的面貌，形成了丰富多彩的情感。影像设计通过对人物形象的艺术加工，把人类新颖别致的心理活动与行为表现出来，更有效地使受众把握主题，自觉地接受给予的感染和影响。通过真实人物诉求，有种劝说的意味，刺激受众的欲望。也就是说人物的影像形象是座桥梁，把消费者与商品从感情上联系在一起，生动地揭示商品和服务的内涵，营造生命蓬勃的意境，引起目标消费者的共鸣。

如今的人物影像不再是从前那种单纯的写实再现，而是通过人类对情感的追求，从画面、主题上采用动之以情的人物形象，大大提升了影像作品的审美价值。

坚毅的男性总给人一种顶天立地的感觉。通常作品要表现一种英雄气概，或是一个理想人物，那么形象通常是男性，他们的目光坚定，永远充满自信，刚毅的轮廓和壮实的肢体总能激发人们丰富的联想。

图 2-31

图 2-32

图 2-31、图 2-32 这是耐克的一组广告。耐克聘请世界有名的体育明星做代言，清一色都是男性运动员，就是因为他们的体力充沛，拥有永不枯竭的力量。

图 2-33

图 2-34

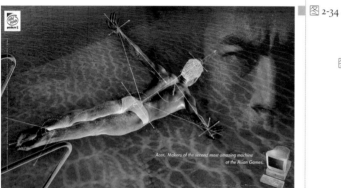

图 2-36

图 2-35

图 2-37

图 2-34、图 2-35　这两幅影像是电脑和汽车的宣传广告。男性是理性的动物,男性经常强调独立坚强,他们的思维必须要冷静、敏捷。许多商业产品和科技产品的广告主角通常是男性。

如今女性的社会地位不断提高，女性的个人消费水平不断增强，越来越多的产品需要抢占女性市场。过去，女性的产品信息局限在化妆品、服饰等方面，但随着消费观念的转变，越来越多的男性专利产品被女性介入，例如汽车、啤酒和电子产品这些以男性消费为主的商品，女性的消费量逐渐增加，促使其影像广告的主角中的女性形象丰富起来。

女性已成为今天一个重要的消费群体，要想在影像广告中有效地吸引她们的目光和勾起她们的消费欲望，变得越来越棘手。今天的女性不再是单一的家庭主妇角色，他们迫切地从丰富多彩的世界中展现自己独立的一面，充满个性。影像中的女性形象要激起女性的普遍认可，首先在情感上是理想人物，有打动人的因素，才能给女性一种交融，产生倾慕的共鸣。

爱美之心，人皆有之，对美的欣赏是人类的本性，美丽的容貌，婀娜的身姿使人们产生好感，这是最具有直观性的。用女性的美来加强影像的吸引力，是很常见的方法，它巧妙地利用了人类的这种爱美心理，引发消费欲望，使男性的目光追随，女性争相模仿。这种以女性外貌体形为亮点的运用，经常出现在化妆品、服饰、时尚杂志，甚至一些食物的影像作品中。

图 2-40　这是索尼游戏网站的广告，影像中的女性被发现玩游戏后惊慌失措的模样，体现了女性也能全身心地投入到游戏之中。

图 2-38

图 2-39

图 2-38、图 2-39 是一组 Perrier 啤酒的广告，影像中用女性最性感的部位来暗示该啤酒的吸引力。

图 2-41　纯洁的颜色、优雅的姿态、高贵的服饰及均匀的布光，每个地方都处理得那么细致讲究。人物天使般的气质表露无遗，展现了女性自然柔美的一面。

图 2-42

图 2-44

图 2-43

图 2-45

图2-44、图2-45　刚柔兼备的女性已经越来越受到欢迎，高科技产品也选择女性作为诉求对象。两幅图中的女性刚毅而不失温柔，充满了自信与独立。

图 2-46

图 2-48

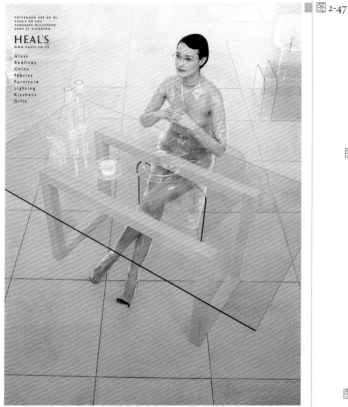

图 2-47

图 2-49

图 2-50

儿童的天真无邪让我们感到世界是美好的,孩子的心灵多么纯洁,善良,他们的魅力来自心中的真实,在他们身上我们找到回忆和想像。以儿童形象为主角的影像,经常能打动我们的心扉。儿童形象的影像在儿童用品中是最常见的。

孩子的外表能让人产生怜惜之情,他们是弱小的群体,是我们要爱护和珍惜的对象,所以在公益广告和纪实性的杂志中使用广泛。

图 2-49、图 2-50　是一组公益广告,影像利用纸张的折痕造成孩子身上的伤害,以此来呼吁社会多关心受虐的孩子,阻止这种行为的发生。

影像作品中的人物形象魅力除了来自容貌、体魄等外，还来自其举止，也就是通过肢体语言来传递感情。肢体的动势体现出形体运动的状态，典型的肢体动势有利于升华主题，传递人物内在情感。女性的腰身给人纤细、温柔、窈窕之美；男性的手臂给人强壮、丰厚、力量之美；孩子的手掌给人稚嫩、灵巧之美。美的肢体洋溢着精神美的魅力，是人的内心世界寄予外形的一种魅力要素。不同的影像诉求根据各种肢体所表露的语言来增进审美内涵。

　　新颖的创意能使人物形象更饱满，更能打动人。在影像中设计师煞费苦心地设计与人们生活相似的情景，营造一种贴近现实却又不失趣味的意境，同时增强艺术的表现力。也可以对一些生活情景用夸张幽默的手法表现出来，看似出乎意料，却又合情合理，使人忍俊不禁，去享受产品带来的乐趣与满足。通过对人们工作、娱乐等行为的再设计，直接表达设计者的观点或意识。这样的生活情景设计适合很多类型的影像作品，是一种别具一格又用途广泛的方式。

图2-51　BOTTEGA VENETA是国际知名的手提包品牌，是时尚派对中名门贵妇、好莱坞明星手上的宠儿，这幅影像中并没有以华丽的贵妇为诉求对象，而是用一群生活化的、很随意的女子来表达这个品牌，表明新时期的BOTTEGA VENETA带来崭新的气息。

图 2-52

图 2-53

图 2-54

图 2-55

图 2-57

这一组影像广告看似生活杂志的封面，其实是美国牛奶的广告海报。和一般牛奶广告不同，产品本身没有出现，只是用人物嘴上的白色牛奶来体现产品。模特带着笑意，这是摄影师所要求达到的一种效果——对牛奶的喜爱，让人们每天都面带微笑。

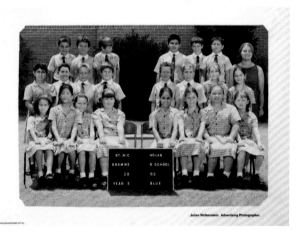

图 2-58

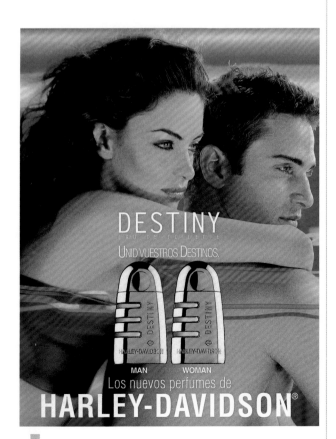

图 2-56

图 2-59 WERU 隔音平板玻璃的影像广告，其创意绝妙超群。一个老人用极度夸张的微小的割草机来割草，以此来暗喻 WERU 的隔音效果的良好。此场景生活化却又夸张，让人忍俊不禁。

图 2-60

图 2-61

图 2-62

图 2-61、图 2-62 DIESEL 是意大利的休闲服饰品牌，倡导一种另类的生活观念，他们的形象广告更侧重于社会理念的表达，而不是产品本身的形象表现，因此，这类品牌的摄影不是直接的为时装而摄影，而是以各种间接的生活方式达到树立品牌形象的目的。这两幅广告正是用另类的生活场景来阐述其概念的。

图 2-63

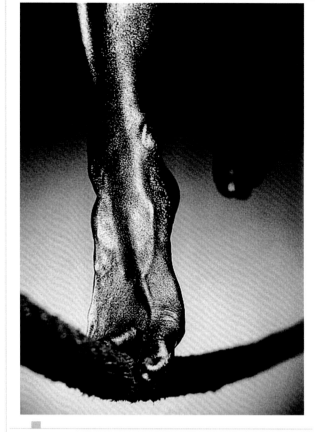

图 2-64 这幅影像作品的光影处理得很好，让画面极富层次感，把肌肤的纹理表现得极具个性。整个画面以黑白的影调意境，创造出一种金属般的质感，给人很强的视觉冲击力。

图 2-65 Jazz Life 是本关于美国爵士乐的杂志。这种由美国黑人贫民创造的民间音乐在征服白人之后，也舶来了东方。画面用黑人一双有力量的手来传递主题。手上长满了绿叶，说明这种爵士乐文化发展迅速，充满了生命力。

图 2-66

图 2-68

图 2-67　世界摩托车第一品牌——HARLEY – DAVIDSON，已经被异化为一种精神的象征，寓意自由和个性自我。这幅戛纳广告节获奖的作品，摄影师把聚光点对准男子手臂上的HARLEY – DAVIDSON纹身，强化了手臂赋予品牌的独立、自由和野性的美感。

图2-69　这是一幅美国物流公司的广告，摄影师为了表现物流公司那种服务效率，在影像中使脚产生动感的效果，以此来树立公司形象。

第三节　动物影像元素

　　现代商业影像作品，经常使用暗喻的方式去表达企业、品牌、商品的内涵，使商品或服务对人们产生心理上的暗示。动物元素与人类具有很多的天然联系，它们具有与人类相似的感情变化。在许多寓言故事里，经常用动物来阐述一个哲理故事，暗喻人类要以此为戒。凭借这种天然的联系，运用拟人的手法，使用动物形象来表达主题，这种方法能够收到更妙、更生动的艺术效果。动物的形象时常是具有动感，或是幽默可爱的，能给人愉悦感。根据不同意义的主题影像作品，选择动物形象反映各种文化价值和观念，间接传达人们所追求美好生活的信息，引人入胜。动物影像的表现形式有象征比喻法和拟人法。借助动物的神态、形象来象征和比喻某种意义就是象征比喻法。拟人法是把动物装扮成人的样子或直接把动物的行动或表情以拟人的方式来表达事物的信息和意思。使用拟人的表现方式拍摄动物是非常困难的，有时必须使用电脑处理来完成这一方法。

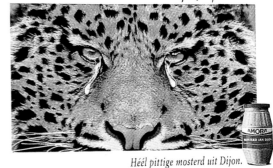

图 2-70

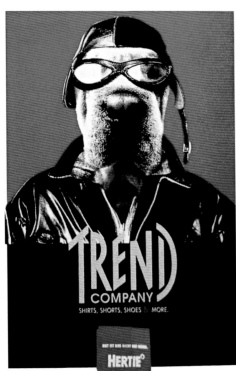

图 2-71

图 2-72

图 2-73　这是一幅宝马汽车的影像广告。巧妙地利用从闸门窗口（又是宝马车前脸的典型形象）透进来的主光光线，勾画出一匹匹蓄势待发的骏马，用马的力量感来表达宝马的马力，让人心领神会。

图 2-74

图 2-70、图 2-71　这是一组罗姆巴多服饰的影像广告，它们的宗旨是让你做一个最像自己的自我，它包含所有人对衣着的要求。用人性化的动物作为诉求对象，为了说明动物不像人类那样会特意修饰自己，罗姆巴多服饰会让你做回真实的自己。

图 2-75

图 2-76

图 2-77

图 2-78

图 2-78、图 2-79　ETRO 是来自意大利的服装品牌，专注于高质量的天然纤维，配以优雅的设计、时尚的色彩和精致的工艺，生产出巧夺天工的精美面料。这两幅影像中，鸟类身着绅士的 ETRO，利用它们天然羽毛的色彩，把服饰衬托得富丽而典雅，进一步表现了 ETRO 天然的原料及精湛的做工技巧。

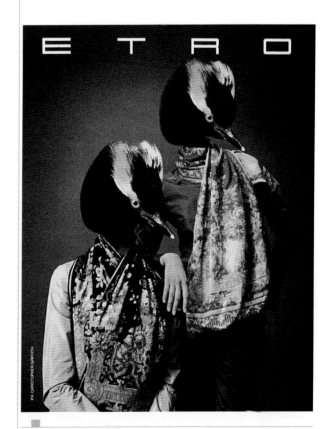

图 2-79

图 2-80

第四节　器物影像元素

　　器物元素的影像表达的目的相对来说比较单纯，主要有两个方面，第一是展示器物本身，在商业影像中，就是表现商品（器物）的品质和价值，使其产生足够的吸引力；第二是使用相关的器物，作为道具，为了陪衬被摄的主体而存在，目的是使主体突出和更加夺目。在拍摄器物之时无论是布光，还是拍摄角度的选择都是非常重要的。无论是多么平凡、单调乏味的器物经过艺术的表现，在影像中都会变得有诱惑力。

　　器物影像比其他对象的影像更清晰地展现出现实的状态。人物的摄影趋向于幻想和理想化，器物影像更注重它的本来面貌，这种器物元素的运用在生活、工业及办公用品的商业影像作品中比较广泛。

图 2-81

图 2-83　这是 vaasan 面包的影像广告，广告摄影师显然很有想像力，把烘烤面包机赋予人性，虎视眈眈地注视着 vaasan 面包，由此喻示该品牌的面包十分美味，视觉感受强烈，商品信息也很明确。

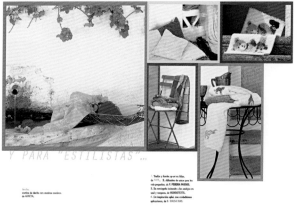

图 2-84

图 2-85 吉他琴身的表面本来就是平滑的，并且它代表一种浪漫的情怀，摄影师最重要的是理解产品的特性，这样拍摄才能正确传达它的个性信息。拍摄中的布光，光的强度、柔和度都尤为重要，加上通过物体本身的折射，画面的色调让人不得不心动。器物影像的表现就是需要这样的细致。

图 2-86

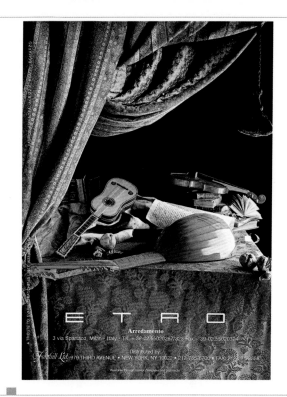

图 2-87 ETRO 是来自意大利的服装品牌，专注于高质量的天然纤维，配以优雅的设计、时尚的色彩和精致的工艺，生产出巧夺天工的精美面料。摄影师在表达这种充满华贵韵味而又不乏现代气息的服装时，充分了解了它的文化背景，把一些传统物品摆放到精致的纺织面料上，在光影烘托中显得古典迷人，彰显了其个性。

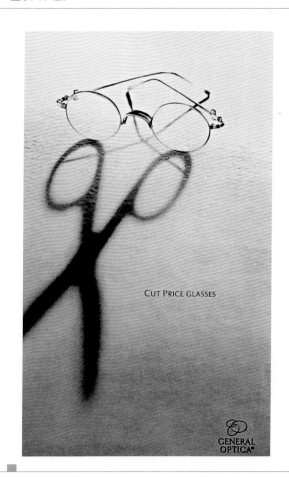

图2-88 这幅广告为了表现眼镜的大减价，把眼镜底部的影子变化成一把剪刀，十分生动有趣，恰到好处。以暗喻的形式告诉人们广告的意图。

Maria **BELLO** Andre **BRAUGHER** Paul **GIAMATTI** Huey **LEWIS** Gwyneth **PALTROW** Scott **SPEEDMAN**

Six Lost Souls in Search of a Little Harmony.

FLOS**USA**

图 2-89 这幅电影宣传海报用两个相依偎的麦克风作为主体，暗喻着故事中的人物彼此的生活交织到一起，相互依存，谱出一曲幽默、诙谐的二重奏。器物的表现只要到位也能做拟人的有趣动态。

图 2-91

图 2-90

A collection of Celeste Candlesticks by Anne Nilsson. Handcrafted at the Orrefors Glassworks in Sweden.

第三章

影像在平面设计中的价值

第一节 影像是诱导，可以增强平面设计的吸引力

在艺术设计的表现中，主要以视觉形象作用于人的眼睛获得效应。视觉形象是通过刺激受众的视觉感觉和心理来实现信息传递的，而影像在视觉形象中又占着极大的比重，因此，视觉影像在现代平面艺术设计中占有重要的地位。

语言文字作为指物性较强的符号有很多局限性，它只能说明一些具体的事物，而无法描绘复杂的心境与思想，所以人们在表达某些深奥复杂的情境时，只能用"只可意会不可言传"的词语来表达。不同文化背景下产生的语言只能在区域化的范围使用，就算其文字、语言再优美动听，也不能在国际上被广泛认同。这种语言上的障碍，势必造成传播上的局限，使得沟通无法进行。

影像具有直观性和形象性，使人一目了然。影像能超越不同的文化时空进行传播，具有广泛传播信息的优势，已经成为国际通用的视觉语言。一幅意境优美的影像照片不管哪个国家哪个民族都能领悟其中的意义。影像能够具体如实地反映事物本来面目，容易诱发人们的感情与欲求，因而现代艺术设计中影像占有主导地位，成为具有支配力与攻击力的要素。例如"万宝路"香烟能成为全世界最畅销的品牌，就是靠那粗犷的西部牛仔的影像的广泛传播并深入人心，激起了人们的共鸣而实现成功的。由此而知，影像可以把精心设计的形象带往全世界，并传达给每一个人。当然，优秀的形象创意是使影像成功传播的首要原因，它还能够引起消费者的极大的注意。

图3-1 ABSOLUT RELAXATION 绝对伏特加是全球有名的品牌，这个系列的广告的成功在于这个影像广告中利用酒瓶的外形进行创意。摄影师从不同的视角来图解酒瓶形象，发挥奇思妙想，使它融入更多的内涵，使得瓶形成为一种视觉符号。把一个平凡无奇的酒瓶变得世界闻名。

图 3-2

图3-4 玛丽莲梦露的招牌笑容，曾迷倒多少人，特别是她那颗黑痣，让她变得更性感。这幅影像图片中的玛丽莲梦露的黑痣变成了奔驰的标志，十分巧妙简洁地表现出奔驰车给人的诱惑力。

图 3-5 影像中营造了一种朴实，极为简单的场景，给人感觉不像一则宣传广告，更像一幅生活照，体现了中东国家的生活情趣。用不同国籍、不同性格的人来展现其品牌魅力，正是可口可乐公司最擅长的。此影像画面给我们传达了可乐瓶可以给人们作为喷雾瓶使用——为你的身体(或是头发)补充水分。

图3-3 这是一幅法国巴黎歌舞剧的宣传海报，热情似火的舞女，火红绚烂的繁华城市，让人忍不住热血沸腾，很想亲自体验一下歌舞剧的奔放和激情。这种一目了然的影像情感无疑具有很强的诱惑力。

图 3-6

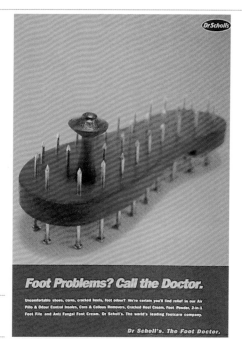

图 3-8

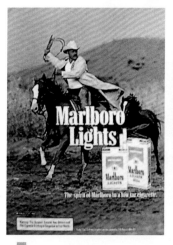 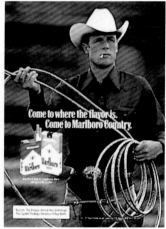

图 3-7 在香烟王国的众多品牌中，万宝路（Marlboro）无疑是最响亮的名字。它的传播主题定为："释放男人风味"，其广告中的牛仔形象已经成为历史上一个永恒的经典，狂野不羁的牛仔曾是许多年轻人心目中的英雄。正是影像带来的文化共享性，让万宝路广告跨越了国界，激起人们的共鸣。

图 3-9

图3-8至图3-10 为了生动形象地体现出脚病带来的困惑和痛苦，把尖锐的利器放置在鞋子上，让鞋子变得硌脚，以此来告知大家脚有问题的时候找 DR SCHOLLS。

图 3-10

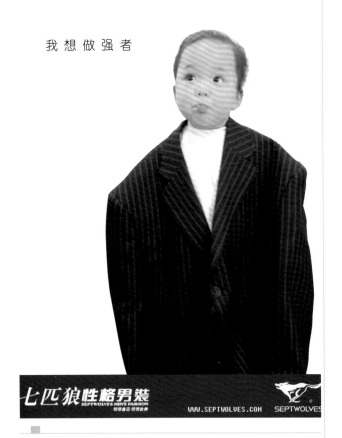

我 想 做 强 者

图3-11 这幅影像中，借助一定的想像力，激发影像的吸引力。一个孩子穿着一件成人的西服，稚嫩的身子却撑不起这件衣服，但是表情依然倔强坚定，"我想做强者"。影像赋予人们一种新奇和变化的情趣，鲜明地反映了七匹狼的强者意识。

第二节 影像的生动展示，传达了品牌形象、商品和服务的信息

现代艺术设计十分重视品牌形象的塑造，无论是包装装潢还是广告设计和企业画册，品牌已经成为企业最为重视的一个环节，特别在广告宣传上更是不断地向消费者传达企业的理念与品牌信息。影像是创造独特的、具有个性的品牌形象的有效工具，根据企业的理念和市场定位，创意设计出具有独特个性和品位、具有艺术性和美感的形象的影像，可以增加品牌的附加值，让消费者在获得商品和服务信息的同时，更感受到企业或品牌的一种精神和文化的提升。

影像在经过精心的设计创意后成为传递销售意念、形成品牌性格的视觉符号，能充分发挥视觉形象积极的感知功能，把商品和服务的信息予以准确表达。

影像的表现内容分为两种，一是直接表现，二是间接表现。直接的表现手法即是将经过艺术加工的商品和服务的形象作直接的展示，充分发挥视觉形象的积极感知功能，使影像产生强而有力的刺激，改变和增强人们对商品和服务的印象，使人直接获得设定的信息，并立刻理解商品和服务的特性。间接的表现手法是用不断变

化的影像内容和形式语言，根据企业的营销策略，创造具有深刻意境的、令人回味的和具有形式美的形象，使人产生联想和想像，表达出商品和服务的特性。

图3-12

图3-13

图3-14

图3-15

图3-12至图3-15 这是一系列壳牌石油的广告。英荷皇家壳牌集团堪称全球领先的国际汽油集团，其分公司遍布全球。这组广告把壳牌的标志隐藏在我们身边的每一个角落，在社区中、在探险时、在我们心中、在空气里，它无所不在，有效体现出产品的理念和定位。

图 3-16

图 3-19

图 3-17

图 3-20

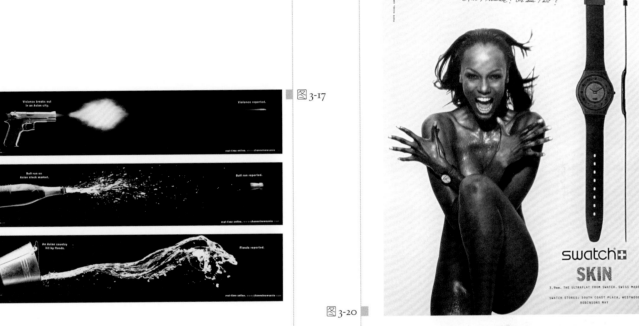

图3-18　此影像的创意新颖别致。展现在画面中的汽车被打包成快递的包裹，广告语是"每天，一千万件的陆运包裹就这样到达客户手中"。形象地传达了该公司的快递的安全性和服务的优质性，公司宗旨十分明确，又具有幽默感。

图 3-21

图3-22

图3-23

图3-21至图3-23 这是一组JEEP汽车的影像广告。画面并没有出现JEEP汽车,而是在山崖边上出现了路牌、记时器和加油站,暗示人们JEEP汽车飞檐走壁的性能。虽然想法极度夸张,但是联想加强了产品的印象,让人十分乐于接受。

第三节 影像的独特性可以塑造时尚流行

在影像传达社会时尚、流行信息时的主体往往是使用各种人物形象,有社会名流、影视红星、体坛高手、美女俊男、青春偶像、少年儿童、暮年老人等,凡是有助于时尚、流行信息传递的都可以作为影像的形象。在现代消费行为中,随着人们观念的改变与更新,绝大多数人总是有意识或无意识地去适应时代的变化,以显示自己是与时代同步、符合时代潮流的,满足"自己是领先流行"的表现欲望,而不是时代的落伍者。因而在消费领域中出现一种相互仿效追逐时代风尚的趋势,这种趋势在年轻消费者群体中表现得尤为突出。

商业平面设计为了造成一种流行时尚,强调现代的潮流与风格,极力突出商品的现代特征,是最新消费潮流的代表产品,需要诱发消费者的模仿动机。现代平面设计常利用社会名流和影视红星等名人作品牌代言人,因为他们有很高的社会地位和独特的气质,是公众崇拜的偶像,有很强的感召力和影响力。他们的一举一动容易造成模仿追逐的对象而形成消费时尚潮流,从而有力地促进了产品在市场上的销售。

名人们常是重要舆论中心和舆论影响者,他们常是审美时尚和某些时尚流行的先行者,他们的所喜所爱往往对人们影响很大,以他为影像的形象,使商品信息的传播具有很高的权威性,可以使广告的商品产生令人难以抵御的魅力与影响力,减少了商业气息,冲淡观众的防范心理。名人形象在广告中巧妙地扮演了一个说服的角色,让人们在不知不觉中被感染和被说服。

图3-24 DIOR服饰一直有着街头感与不同凡响的清新甜美。这幅影像广告中两个打扮前卫的女子正在大试拳脚,她们身上绚丽夺目的色彩构成鲜明的对比,非常惹目,给人奔放的印象,更让Dior Logo醒目而有节奏,对流行一族有极大的吸引力。

图 3-25

图 3-26

图 3-27

图 3-28

图3-29　这是 Elizabeth Arden 新推出的具有日风的香水系列的影像。凯瑟琳·泽塔琼斯手撑着油纸伞，轻盈地站在碧绿的水面上，尽现迷人高雅的气质，与香水要表达的内涵极为吻合。凯瑟琳·泽塔琼斯作为好莱坞的一流女星，她代言的产品会让不少喜爱她的消费者追捧。

图3-32

图3-30　SKECHERS是美国时尚鞋业品牌。"SKECHERS"为美国加州俚语，意为"坐不住的年轻人"，代表着追求时尚、个性张扬的年轻族群。这幅影像中用小甜甜布兰妮代言SKECHERS，有意用时尚的旋风席卷年轻族群市场。布兰妮有点狂热、有点风趣、有点魔力，还有点优雅。她迷人的气质折射到SKECHERS，令年轻消费者为之疯狂，引领休闲时尚的新风潮。

图3-33

图3-31　这幅影像是一个生活馆的宣传广告。众所周知，高尔夫球是一项贵族式的运动项目，以此作为生活馆的诉求点，加上广告语用"生活在云端"这种意境，贴切比喻此生活馆让你体验到高质量的生活情趣。

图3-34

图3-33、图3-34　这是一组SMART（戴姆勒·克莱斯勒）的影像广告。画面中引用了饶有风趣的情节，把汽车缩小后放置在两个不同城市的广场，引来众人的目光，大家很想知道这么小的车还能不能坐人，从而掀起一场痴迷的热潮。

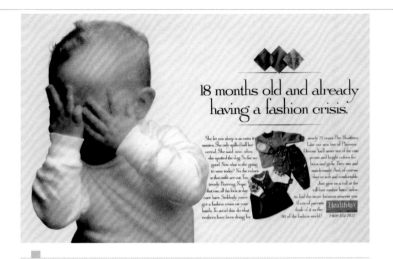

图 3-35

图 3-37

图3-36 光从影像视觉效果上看，画面上灰白的色彩格调就已经感染了我们。这幅影像具有精美古典的气息。将模特置身于一个中世纪服饰设计中，述说着一个流行与古典的故事，希望诱发人们心底怀旧情绪的共鸣。

图3-38 一个前卫时髦的女孩若有所思地坐着，衣着颜色与气球的色彩搭配得相得益彰，透露着追求时尚另类潮流的气息，以此打开年轻人的心扉。

第四节　纯真自然的影像，可以提升平面艺术设计的审美价值

人们一贯以真、善、美作为我们审美的标准之一，只有真和善才能达到人们所说的心灵美，可见人们对真的追求。影像可以非常真实地表现一切对象而且没有一点虚夸和做作，更不会歪曲商品或品牌的形象，这就满足了人们对真实的心理需求，而且一般我们说真善美是一个统一体，彼此不可分开。另外，艺术设计影像必须具备一定的客观真理性，这也就是影像的真；影像对现实生活的发展具有一定的有益性，这就是善；影像的形象必须是审美对象，按照美的规律来创造，这就是美，真善美三者高度统一的广告形象，就是影像作品的典型性。

艺术设计影像所抓住的典型是具有高度审美价值的对象，是人们以审美方式认识生活、改造生活的特殊手段，生动感人的典型形象能使人们在审美享受中陶冶性情、升华思想，给人以积极向上的精神力量。

影像艺术的典型形象是在生活中观察、分析、研究后对一定的人物和生活现象的选择、提炼、浓缩和凝聚而来的，从具有一定普遍性的现象中找出本质规律对某种生活真理的新发现，对生活的独特认识与评价，是典型环境中的典型事物。另外，影像在创作过程中由设计家、摄影家对构图、光影、色彩等进行精心设计，使得影像漂亮和完美。

图3-39

图3-40

图3-41　SWATCH是来自瑞士的时尚品牌，其产品华丽高贵。产品本身十分精美，所以采用了直接的拍摄手法，把手表的真实全貌摆放在大众面前，有效突现品牌特征，同时也提升了产品高精品质的美感。

图3-42　UUNET网络通信的特点是安全快捷。这幅影像中以生活现象中提炼出的艺术典型来叙述产品特性。一个男子把传统的通信方式——瓶中信给予抛弃，从而增强了广告的说服力。

嫩嫩的草叶悄然绽放
它踏着芬芳来了
飞舞着
轻唱着
在绿叶的清香中轻轻摇曳
刹那间
心萌动了
眼睛苏醒了......

KENZO

那一声雷
天空拉开了序幕
罩着脚下的大地
风带来草叶间的絮语
轻轻擦过发际
微微闭上双眼
便在绿叶丛中迷离
于是
静候那漫溢庭香
等待
绿叶将一切唤醒......

KENZO

图3-43、图3-44 这是一组KENZO香水的影像广告,其用色彩效果来映衬香水的清新芬芳。红色和绿色是画面整体的主旋律,本来两种相斥的颜色却在视觉上产生了平衡,把气氛烘托得唯美、跳跃,让人们得到极美的视觉享受。

第一节　影像的符号性本质

我们说影像可以传播信息，在传播学的范畴来说，信息的传播主要靠符号。所谓符号，是人类传播活动的要素。语言、文字、图像、声音、手势、姿态、表情等都是符号。符号分为静态语言符号与动态语言符号，静态语言符号为语言、文字、图像等，动态语言符号就是声音、手势、姿态、表情等。影像就是语言符号图像中的一种形式，因此影像也就是人类传播活动的语言符号之一。既然影像是传播活动中的一种语言，那么就有其特定的语言形式。现代传播学鼻祖威尔伯·施拉姆在谈到符号的性质时说"符号是人类传播的要素，单独存在于传播关系的参加者之间——这些要素在一方的思想中代表某个意思，如果另一方接受，也就在另一方的思想中代表了这个意思"。我们知道一般在文字符号传播的信息中有时会因为各个地区的文字语言不同而产生不同意思的情况。但是影像符号在传播信息的过程中就很少出现这样的情况，特别是记录事物和分析事物的时候，当这些真实的事物影像呈现在另外一些人的眼前，人们的理解一般很少出现不同。影像符号可以更好更准确地传播信息。

但在创造影像的过程中，也就是运用影像语言进行传播信息的时候，特别是在艺术设计过程中的影像传播就有可能会出现差错，这是因为设计者对于需要传播的信息内容在转换成为影像语言的时候所产生的误差。另外，在对这些信息进行影像语言设计的时候，很可能会在设计中出现个体的认识差异而不能准确地使用影像语言，产生了设计者思想中的影像信息意义在另一方的思想中并不代表这个信息的意义。因此，我们应该很好地研究和探讨影像语言这门学问，也就是说如何把影像符号设计成为影像的语言，准确地传播信息对于商业设计来说是十分重要的。

图4-1

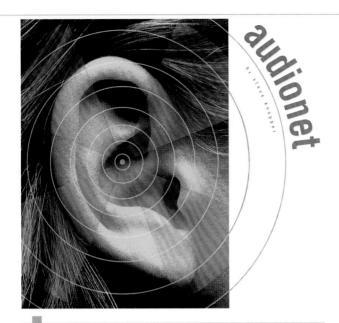

audionet

图 4-2　网络广播广告，影像符号与设计语言符号相结合，加上文字符号，符号间相互配合，表现意义清晰、准确。

图 4-3　画面上运用穿着白色健美紧身服装、伸开双臂的形态组成的橙子，形成了设计师设计的语言符号，使人一看就能够明白符号所负载的信息。

图 4-4

图 4-5

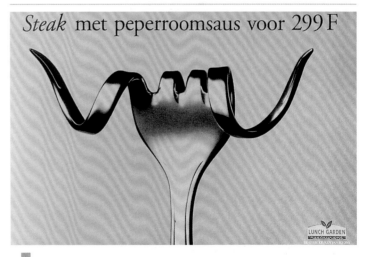

图 4-6

图 4-4　广告语：蔬菜鸡腿 175 法郎
图 4-5　广告语：乳酪火腿肉卷 225 法郎
图 4-6　广告语：辣椒酱牛排 229 法郎
餐叉也可以做出各种姿势，设计师巧妙地运用非语言符号（姿势）进行影像设计，象征性地把精致美食的餐叉与简便速食的快餐联系在一起。

图 4-10　Vidrex 玻璃清洁剂

"玻璃确实是透明，可是……玻璃到哪里去了？"影像符号的设计是体现商品性能最直接的一种语言。

图 4-7、图 4-8　肌肉、曲线、人体都可以是符号，经过设计师的创意设计成为一种影像的语言传达商品的信息。

图 4-9　语言符号可以和非语言符号结合起来，更准确地传达商品的信息。

图 4-11、图 4-12　花城药茶

影像就能说话，两则广告突出了广告语："花城解暑茶，喝过好精神"这一主题，让两种一样的植物分别浸泡在水与药茶中，前者毫无生气，后者生机勃勃，把符号语言发挥得淋漓尽致。

第二节　影像的语言特征

　　以往人们在平面艺术设计的摄影方面，往往对摄影技术非常注重，对审美非常注重，而对影像的语言缺乏很好的研究。一个成功的商业影像应该具备信息、娱乐和艺术三个方面的语言特征，才能有效地激发消费者的感情共鸣，才能具有艺术的感召力，才能有效地传播商业信息。

　　在商业传播的影像世界中，人物是用来进行信息传达最多的形象。我们用人物影像来说明影像语言的特征是很有代表意义的。因为语言符号分为静态语言符号和动态语言符号两种，影像本身为静态语言符号，而人物的表情、姿态、手势为动态语言符号，虽然在影像中人物的形象也是静态的，但在人们思想中，人物的姿态却是动着的。因此，在艺术设计影像中运用人物形象来进行传播就是把能够应用的语言符号全部都整合运用起来，把语言符号的传播力整合到最大化。一则商业广告如能对使用的人物以及他们的动作语言进行精心设计，必能有效地传递广告的信息。人的动作表情不是单一的生理反应，而是生理与心理的综合反映。身体全部或局部的任何反映动作都表露出人的情绪和心态。在商业广告影像设计中，巧妙恰当地运用这种超越文化的传播手段，通过头部、五官、躯干、手脚等身体动作基本表达单位的恰当组合，可以构成特定的动作语言，借以表达特定的感情与情绪。通过与人的表情活动密切相关的面部表情，不仅可以表达喜、怒、哀、乐等基本表情，而且它们之间错综复杂的复合感情也能给予准确表现，这就是人物影像的语言魅力。

　　经过精心设计的人物动作语言，其动作及表情所具有的生命力，可以极好地赋予影像令人回味的艺术魅力，能强烈地抓住人们的视线，加强打动人心的力量。在商业广告影像设计中，运用特定的、具有韵律的、感情的、戏剧性的因素有机组合动作表情语言结构来表达商业广告的主题，将体形、动作、手势、力度和技巧等方面的变化转化成为供人欣赏、令人陶醉的动态性样式，就会产生强烈的艺术效果，不仅能给人以审美享受，同时也能极大满足现代人的心理需求。

　　当然，风景影像在商业设计中的运用也能设计成为很好的商业影像语言，因为风景本身可以代表一定的意境，这种意境很明显是可以影响观者的情绪的。当合理地使用一定样式的风景影像就可以传达一定的信息，如夕阳的海景和蓝天白云的海景就可以传达出不同意义的内容，当我们运用语言符号对影像语言加以说明，就可以明确地传达信息。因此，风景的意境就是一种影像语言，可以引起消费者的共鸣而达到传播信息的目的，同样也能满足人们生理和心理的需求，达到一定的商业目的。

图4-13　舒适的服装带给人不仅仅是自由的感觉，还是一整天愉悦的心情，夸张设计的人物动作语言，可以让人产生难忘的印象。

图4-14

图 4-15 欧米茄广告始终坚持以精心设计的特定人物动作语言，运用动作及表情所具有的生命活力来赋予影像令人回味的艺术魅力，同时极大地满足了现代人的心理需求。

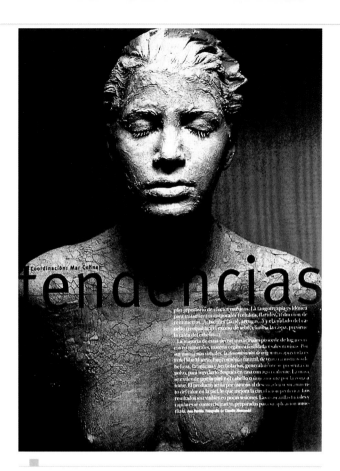

图 4-17

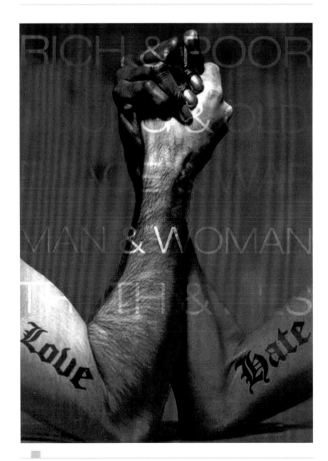

图 4-16

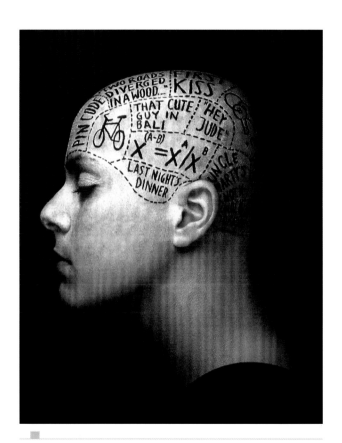

图 4-18

像这样的关怀 你是否每天都在练习

○尊重○关怀○生命教育

图 4-19

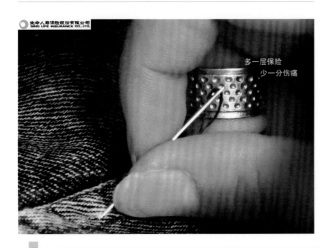

多一层保险
少一分伤痛

图 4-20

MEIN...
Mode-Palast
EMMEN CENTER

图 4-21

图 4-22
图 4-16 至图 4-22　人物在影像中担任着很重要的语言符号角色，精心设计人物的一个动作、一个眼神、一个表情都传达了各种信息，对于这些姿态，人们是很容易理解的，而且还可以产生亲切感，引起兴趣。以上人物广告就有如此的效果。

Plug into the new world of aluminum.

At last count, the world of aluminum included hundreds of producers and smelters, thousands of scrap processors, tens of thousands of fabricators and distributors and hundreds of thousands of users. Now, for all of us, the new world of aluminum has 1 website.

Register for free at www.aluminium.com.
For more information, call 888-883-5940 or (212) 736-6550

aluminium.com™
The *Internet* marketplace for everything aluminum.

图 4-23　铝业在线的广告语是"铝业在线接入铝业新世界"，设计师采用网线巧妙地连接铝罐的网络影像，轻松表达了广告的主题，简单、明确地描述出了铝业在线的特色。

图 4-24

图 4-25

图 4-24、图 4-25　比利时黄页电话薄广告

这是两幅具有一定含义的风景影像,表现了黄页电话薄的广泛性和重要性。广告语:"事实上,快乐是很容易找到的"把整个广告的用意表达得十分清楚。可见风景也能成为合适的影像语言。

图 4-26

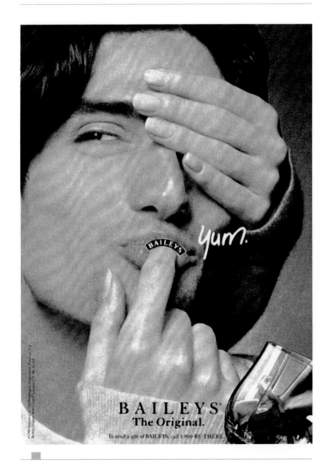

图 4-27　BAILEYS 是一种混合着牛奶香味的酒，影像在诉说着一种甜蜜和浪漫，让人们浮想联翩，影像的语言结合了设计的语言来表现。

UNITED COLORS
OF 1999

图 4-28　《colors》是一本关注全球社会问题的文化杂志，用最朴实的画面把世界各种不公正披露出来。这幅影像的主题是以两种不同的文化背景为依托，表现了世界的孩子都需要被关怀，从孩子的眼神可以看出他们是多么地无助，眼神就是摄影者捕捉到的影像语言。

图 4-29　Myland 卡
广告中的女性表情夸张，反映了对 Myland 卡的热爱，这张无国界的卡带给她的不仅是生理反应，而且是生理与心理的综合反应，这就是一种影像语言。

图 4-30

图 4-31　麦当劳

影像的语言告诉我们：麦当劳提倡均衡营养，合理的搭配饮食更能够让你健康。

第一节　影像元素的表现类别

　　影像元素是平面设计中创意表现的重要组成部分，是为平面设计的信息传递和视觉审美提供的主要的元素。在艺术设计专业的学习过程中，学习影像的目的不仅仅在于了解影像在实际平面设计操作中的表现技法，更要了解影像在平面设计中的表现语言，学会运用影像的语言去传达信息和营造意境。作为设计师还需了解影像语言的独特功能，掌握影像元素的创意表现方法，从而丰富创意语言和创意思路，提高创造能力。影像元素的表现手法千变万化，形式也多种多样，在平面设计中选择贴切的影像创意表现手法对设计作品的视觉效果起着决定性的作用，同时也能达到传递信息、树立良好企业形象与商品形象的目的。

　　由于现代科技的高度发达，影像的表现语言丰富多彩。从影像的表现内容来看，其表现形式和方法有明显的区别，一般可以分为新闻影像类、艺术影像类、商业影像类。

一、新闻影像的表现方式

　　随着读者对影像信息需求的增大，媒体所运用新闻影像的方式也在发生着改变。这样，新闻影像就成为生活中的一个重要组成部分。通常，以图说话、"图片＋文字"的报道模式是新闻影像的主要表现形式。其中，影像要求具有十分强烈的事实性与针对性，新闻影像的发展是媒体市场不断扩大的结果，因为影像也是在传递一种信息、观点和情感的同时，要求影像真正起到新闻解读的作用，讲出背后的新闻和观点，让新闻影像充分发挥其特长，能真正图文互补，图文并重。新闻影像的形式表达，是指新闻工作者在对形象感知的同时，运用形象思维把感知影像按着一定的形式法则，加工、整理、提炼、凝聚形成新的形式表现过程。它从位置、角度、高度等不同方位进行观察，抓取的是最生动、最真实的瞬间。

图 5-1

图 5-2

图 5-3

图5-1至图5-3　以上广告为设计师利用新闻图片的影像形式表现，画面震撼而有很强的真实感。

图 5-4

图 5-6

图 5-7

图 5-6、图 5-7　新闻影像通常以图说话的方式，从位置、角度、高度等不同方位进行观察，抓取的是最生动、最真实的瞬间。

二、艺术影像的表现方式

　　艺术影像是一种纯粹的艺术创作，它涉及影像艺术家对艺术的理解。艺术影像的表现有以下特点：（1）具有对生活高度概括的特点，所谓艺术地表现生活，就是需要影像艺术家能够善于观察和发现生活中的本质和典型，充分表现出生活的一种内在的精神，引起观众的共鸣。（2）能够营造一种艺术意境。影像通过各种可以利用的元素，运用美的表现手法如灯光的运用、影像画面的布局、角度、色彩、光线、虚实等的互相作用，营造出美丽诱人、意味深长或令人震撼的意境。

图 5-5
新闻的表现方式可以如此的真实、直接，使人仿佛身在其中。

图 5-8

图 5-9

图5-8、图5-9　影像通过画面的布局、色彩、光线和虚实的相互作用，营造了意味深长、令人震撼的意境。前者拍摄时借助了水中倒影所产生的折射、弯曲，达到了画面生动、不呆板的视觉效果。后者拍摄时借用道具，使背景置于玻璃器皿中，表现背景画面的同时表现出了玻璃的材质和晶莹剔透的效果，互相辉映。

图 5-11

图5-10、图5-11　影像如实表现了风景的原貌，摄影艺术家善于观察和发现生活中的本质和典型，手法朴实，能够让读者了解地域特征和当地的实际情况。

图 5-10

三、商业影像的表现方式

　　商业影像是指为商业服务并达到商业目的的影像，通过广告设计、包装设计、企业形象宣传等与影像完美的结合，更好地表现出企业欲想传达的商业信息。商业影像由于其在很大的一部分作品必须表现产品的质量而要求在拍摄表现时所用的光、色以及技术必须十分到位，因此我们在看商业影像之时，就会发现，商业影像特别讲究质地的表现，无论是汽车产品还是时装产品，无一不表现出产品的优异质量。当然，商业影像有时为了传播商业信息，也经常使用新闻和艺术影像的表现方式进行，因为这两者都能很好地传递某种信息。商业性质的影像是能让我们日常生活中平凡的商品通过各种各样的手段变得不平凡，赋予它们更鲜明的个性并提升其品牌形象，达到商业活动的最终目的。一般来说商业影像所采用的表现手段是无所不包，只要能够达到设计画面对影像元素要求的效果和目的，商业影像可以运用任何手段来制作。

图5-12
采用逆光剪影的效果让画面具有醒目的视觉冲击力,传达着自己独特的信息。

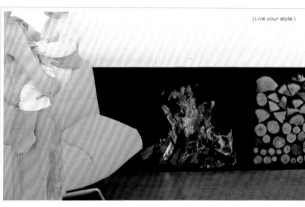

图5-13
Nikon 相机影像中相机与背景形成鲜明的对比,表现产品的质感、做工和不凡的品质,提升了品牌的形象。

图5-15 沙发是有感情的,它不仅承载着人们工作一天后的疲劳、伤感、烦恼,同时它还挤压出兴奋、快乐、热闹。影像赋予商品生命力,整个构图显得稳重大方,传递了商品的功能信息。

图5-14

图5-16 阳光般的饮品谁能抗拒呢?"冷"与"暖"、"空"与"满"之间的对比,并采用了仰视角度的拍摄,让画面充满了表现力,让饮品形象更加生动。

图5-17　商业影像把我们日常生活中平凡的商品通过各种各样的手段变得不平凡。摄影师拍摄时使用1/1000秒的快门速度迅速捕捉水流的造型，使产品的商业性与艺术性紧密结合。

图5-19 影像中突出草莓的形象。在灯光上选择了柔和的暖色灯，强化了物体的暗部，使得草莓的颜色饱满。"亮"与"暗"的对比强烈。这些手法的运用让商品显得生气勃勃。

图5-18　影像中的光与影的巧妙布置，突出黑色背影中的酒杯，令处于逆光中的模特显得更加婀娜，整个构图使产品具有高贵的气质。

图5-20 可口可乐的红色总是那么充满激情，虽然汉堡包的色彩丰富，可是它并没有对可乐造成干扰，而是起到一种烘托的作用，能增加食物的光泽和新鲜感。

图 5-21　这则手表影像广告拍摄时，在灯光的应用上下了不少工夫。为了表现好产品的质感，摄影师用辅助灯照亮了产品的每个细节，使得手表光泽闪耀，塑造出了商品的立体感。

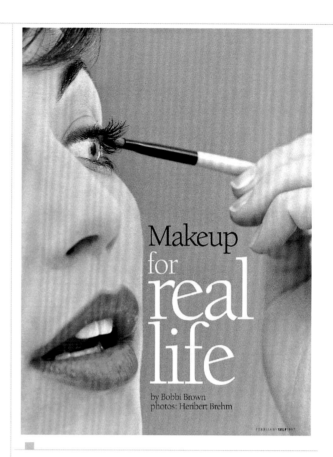

图5-23　好的构图成就了好的商业影像作品。摄影师巧妙处理了女性手与脸的对比关系，直接体现商品的特征，中间加以文字说明，更好地传播出商品的信息。

图5-22　摄影师为突出整个苹果的形象，在黑色背景的衬托下苹果颜色明亮饱满，"亮"与"暗"的对比十分强烈，让影像能更好地传播商业信息。

到北京听交响乐去

不换点"口味"生活怎么有质量

图5-24

第二节　商业影像元素的表现方法

一、展示表现

影像客观地再现商品真实的一面，它将商品以最直接的感觉通过技术手段传递给人们，同时也给看似平常的事物或商品注入了一种活力，以细腻、独特的视角使商品变得具有生命。展示表现最重要的就是商品的形状和质感。所谓的"质感"，是要求在表现景或物的时候，不是徒具其形貌的轮廓，重要的是要表现商品的内在品质，特别是运用商品自身的质地感觉和商品的角度来表现商品的内在特征。在艺术设计中充分运用强化写实的方法来表现商品的质感、外部形态与功能用途时等各方面特征是常用的一种展示表现方法。不同的物品应注意选用不同的光线，其中的光质、光感、光位都十分重要，因为只有用好了光，物品的质感才能真正地展现出来。应从顺光、侧光、斜侧光、半逆光、逆光的顺序去观察商品，并注意侧光与逆光所制造出的物体立体感之差别。例如利用强侧光可塑造商品的立体感，弱侧光可营造商品的温馨感觉等。另外，在表现商品的形状时，视角是非常重要的，有些角度可以把平常的商品变成具有美感的不寻常的商品。总之，用好光与视角，才能更好地展现出商品的视觉感官效果。

图 5-27

图 5-25

图 5-28

图 5-26

图 5-29

图 5-25 至图 5-29　CONVERSE 帆布鞋广告

经典广告语"别被束缚住！"五则影像分别客观地展现商品真实的一面，将商品最直接的感觉通过影像手段展示给人们。利用人物与商品的结合，通过肢体、表情动作体现CONVERSE帆布鞋不被束缚的感觉，以最直接的、最快的感官效果传递出广告信息。

图 5-30

图 5-32

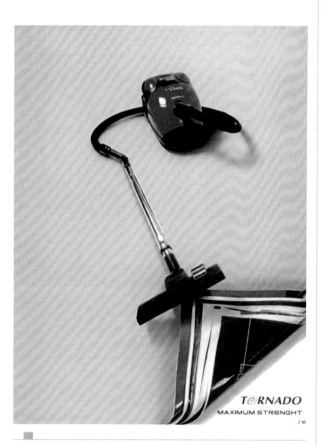

图 5-31　画面中突出了商品的用途、外观结构和强大功能。不需要通过其他的表现手法，就能直观地展示商品品牌的功能和最能打动人心的卖点。

图 5-33

图 5-34

LIPS LIKE HERS

ALL DAY WEAR. NO FEATHERING. NO FADING. NO KIDDING.

ALEXANDRA de MARKOFF

图 5-35

图 5-36

图 5-37
通过对女性身体局部的摄影手法，以最直接的感官效果展示给大家：使用玉兰油沐浴乳会让皮肤光洁、健康、亮丽！

OIL of OLAY

图 5-38

图 5-39

图 5-32 至图 5-36
化妆品类的影像，要达到商品所要表达的最直接效果，无论怎么拍摄，都离不开对每一种类型化妆品的特征进行摄影归纳。
对于手部的化妆品广告（图 5-32、图 5-34），可以采用模特儿局部的拍摄方法。我们的目的不是在模特儿上，而是通过模特儿纤细、柔软、富有女性美的手指突出商品，例如指甲油的颜色、光泽或是手部用品就是在"手"上最直观的表现，这就是对化妆品类商品功能特征最直接的展示方法。

图 5-38、图 5-39　车类影像的特点是注重突出商品的品牌和商品的卖点，我们要注意的是根据商品的材质而慎重选择光质、光位和光的强度，才能增强车的金属质感与美感，同时增强影像的视觉吸引力。

二、情感表现

　　所谓情感表现，就是在影像中运用人物、动物或景色与产品建立联系并抒发情感，引起观者的共鸣。情感表现方式是现代商业影像的重要方法之一，在商品同质化现象非常严重的今天，情感表现可以非常容易引起消费者的心理共鸣。情感表现出色和到位，影像就会具有感染力并产生浓郁的气氛，切实地把握商品的气质，把深厚的感情蕴藏在平淡的影像中。用情感表现法创作时，要求创作人员具有情感的投入，饱满的精神与激情，达到"情"与"物"的完美结合。其中，黑白拍摄的手法是感情烘托法的重要表现方式之一，黑白摄影作品对唤醒人们的情感十分重要，令人产生一种怀旧的感觉。同时有必要了解彩色变成黑白后的具体变化，即把红色当作浓黑、黄色当作灰色考虑等，还应了解各种颜色与灰色的关系。

图5-40　在暖色调的衬托下，母亲与孩子间无形的情感渗透出来，并产生强烈的感染力和浓郁的情感氛围。体现商品的销售特征与产品的特点，准确地把握商品的气质，把深厚的感情蕴藏在平淡的影像中。

图5-41

图5-42

图5-41、图5-42　影像中的德国汉莎航空公司业务主要是往来于欧洲与亚洲之间的航线，所以影像上通过一个典型的欧洲人与亚洲人之间的交流，体现人与人之间的情感交流，表达出了德国汉莎航空公司对客户利益的承诺：我们让你离世界更近。

图5-43

图 5-44

图 5-45

图 5-46

图5-44 至图5-46 运用黑白摄影的手法，更容易引起人们产生情感共鸣。利用黑白影像作品来唤醒人们的情感意识，不仅令人产生一种怀旧的感觉，还存在强烈的情感因素在里面，让人们心理得到情感满足。

三、夸张表现

影像的夸张表现就是把影像中的物体形、色、表情、动作等进行强化性的夸张，以使观者感受到一种强化的刺激。夸张可以分几种类型，形态夸张、神情夸张、理念夸张，前者为形象性，中者则为神态性，后者为想象性。形象夸张的手法是在影像中将商品形象的某个比较突出的特点进行强化，在强烈的夸张中寻求商品新的个性，可以是具象的形象夸张，也可以较为含蓄地进行表达。现代商业影像的夸张表现，常常是通过摄影与电脑的处理相结合的，用电脑软件进行画面调整、比例缩放、影像变形等方面，可以轻而易举地变换各种效果。通过合理的变形夸张，让观者接受影像欲想传达的商品信息，并使画面的冲击力得到一定的加强，使观者留下十分深刻的印象。在夸张表现手法的应用中要注意夸张应该是合理而不脱离实际的，否则就会有"过头"而产生虚假的感觉。

图 5-47

图 5-48

图5-47、图5-48 Diesel以独一无二的夸张手法展示Diesel系列妙不可言的特质。影像中分别运用人物的形态夸张、神情夸张、故事情节夸张来刺激观者感受的手法，宣传商品的一种新的理念。

图5-49　运用巧妙的夸张手法，将男性面部分割成两部分，中间则以"拉链"将人脸进行"缝合"。通过将左右脸进行夸张的表现，在质感的对比中，把男性本身内在刚强的一面表现得淋漓尽致。

图5-50　利用人物身体局部的放大与拉长进行的对照和直接对比，扩大差别，使影像产生一种强大的视觉冲击效果，刺激人们的眼球。通过大小对比的夸张手法，增强了画面的趣味与感染力。

图 5-51

图 5-52

图 5-53

图5-51至图5-53　影像分别想表达出FNAC中"听不到、说不出、停止思考"的创意。它们选择了形态夸张的手法对创意进行诠释。影像的成功在于仅用三个人物形象的夸张手法（被封住的耳朵、嘴巴上的拉链、人脑部的开关）就直观地表现出所要传递的想法，更让观者接受到影像中传递的"不到FNAC媒体商店中你就什么都得不到"的信息。

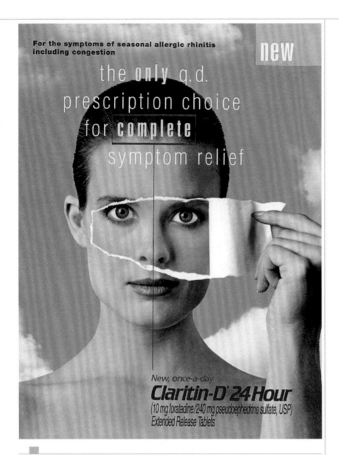

图5-54

图5-55 可爱的葡萄造型与鼠标的完美结合，夸张的表现手法，让人感受到影像欲想传达的商品信息，使画面的冲击力得到一定的加强，让观者留下十分深刻的印象。

图5-56 影像中鱼群聚集在一起的夸张形象代表的是一种不可抗拒的力量，更是一种力量凝结的象征，也是影像中想推广的一种企业理念。

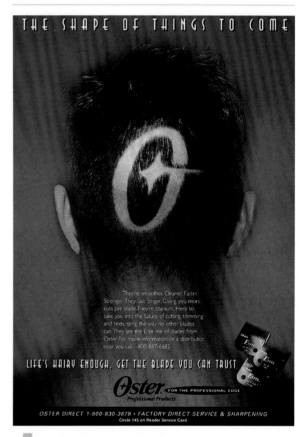

图5-57 美国OSTER家用型电剪
巧妙地运用电剪在人脑后剔出一个OSTER的标志，利用夸张的图案，直接吸引消费者的眼球，在强烈的夸张中寻求商品独特的个性。

图5-58

四、幽默表现

在商业影像表现中，幽默的表现手法能够达到生动、别致、贴切和形象的效果，一般是使画面产生戏剧性的诙谐效果，从而产生趣味性和幽默感，使观者感到愉快亲切，乐于欣赏品味商业影像作品，并增强对商品的记忆和联想。运用趣味幽默的方法体现趣味性的特征，在影像中通过拟人或人物形态的表现手法处理成一种耐人寻味的幽默搞笑方式，让人在愉悦的心情下不知不觉地记住商品的特性，并能正确地表达出商品的使用价值，加强了艺术感染力。运用风趣巧妙的情节，置入作品里，又把它延伸到商品的主题并融合一体，造成充满情趣又耐人寻味的幽默意境，从而达到传递商品信息的目的，发挥影像元素的感染力。

图5-61 "连企鹅都跟我抢！"将可爱的企鹅在画面中拟人化，这种表现手法的处理形成一种耐人寻味的幽默搞笑方式，让人在愉悦的心情下不知不觉地记住商品的特性。

图5-59 男女同同沐浴的幽默情景，使画面产生戏剧般的诙谐效果，从而产生趣味性和幽默感，增强了人们对商品的记忆与无限遐想。

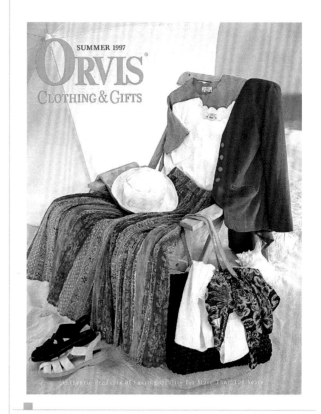

图5-62 暖暖的阳光下，衣服在沙滩上晒着太阳。画面幽默地把品牌休闲的特性表现出来。ORVIS休闲装系列，让衣服和你一起"晒太阳"。

Small but tough. Polo.

图5-60 大众汽车"警察篇"中，以警察利用车来当成"盾牌"与犯人对峙时的幽默故事为背景，通过诙谐的幽默体现出了大众汽车拥有"盾牌"般的保护作用，安全性更有保证。

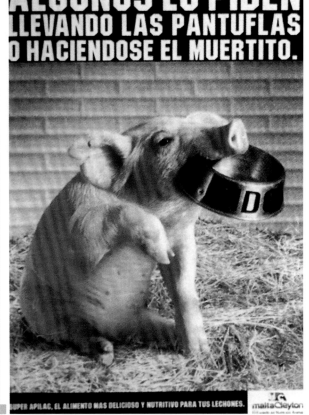

图5-63
影像中运用拟人化的手法,不仅让饮料戴上了眼镜而且还扎上了头巾,从而达到传递商品信息的目的,发挥影像元素的感染力。

图5-66

图5-64　这是一则互联网化妆品商店的广告,诙谐地将鼠标与剃须刀联系起来,表达了只要用手指轻轻一按,互联网化妆品商店就能给您将美丽送到!

图5-65

图5-67

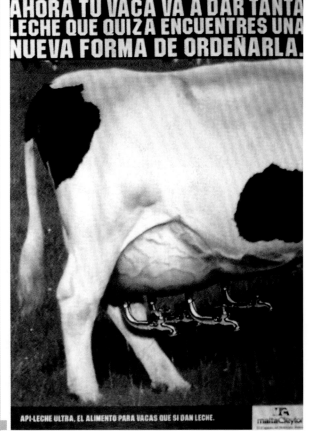

图5-66　广告语:它们会给您叼鞋,故意恶作剧,这是为了让您喂它些好吃的!

图5-67　广告语:您能找到一套新的挤奶方式,这样您的奶牛会产更多的奶!

运用动物形态、动作的幽默搞笑方式,让人忍俊不禁,同时能产生对商品的兴趣,这样影像所要表达的目的也就达到了。

五、悬念表现

悬念式的表现方法使用令人感兴趣而一时又难以作出答复的影像作为线索，使观者由惊讶、猜想而联想商品及其特性。此类影像应具趣味性、启发性和制造悬念的特点，并能通过设计的文字引发答案，最终了解商品的信息。在影像表现手法中用悬念布阵，留下疑惑，使受众对作品产生一种好奇、猜测的心理状态，驱使人的好奇心与本能，抓住观者进一步探明作品意图的强烈愿望，然后点明主题，解除悬念，满足受众的愿望，同时给他们留下难忘的心理印象。悬念手法首先是以深刻的矛盾冲突，吸引观众的兴趣和注意力为目的，使其创作能产生引人入胜的视觉艺术效果。

图5-68 "体验新味道的同时，给您带来的将会是什么变化呢？"来猜猜吧！影像的这种悬念设置不得不使观者由惊讶、猜想而联想到商品。

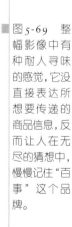

图5-69 整幅影像中有种耐人寻味的感觉，它没直接表达所想要传递的商品信息，反而让人在无尽的猜想中，慢慢记住"百事"这个品牌。

图5-70

图5-71 "猜想在下一刀后，你将会变成什么样子？"此类影像具备了制造悬念的特点，并能通过设计的文字引出答案，最终了解商品的信息，也就是广告所要传递的。

图5-72　MARELLI是一家国际性的汽车零部件生产集团，通过运用鸡蛋与皮鞋原本不相关的物品相结合的创意方法，以悬念的方式让人们猜想，从侧面体现了企业的高科技文化。

图5-74　美国eMed技术公司　"不要紧紧抓着老系统不放了，到因特网上作些实践吧！"提供悬念，最后解答"打电话给eMed，我们将提供专业的服务、管理方案和解决方案"。体现了eMed的改变自我，感受新科技的优质服务。

图5-73

图5-75　Adalat医药公司　"他比她期待的活得更长"以悬念的方式幽默地揭示了真实生活的潜台词，衬托出Adalat Oros不同寻常的药效。

图 5-76

图 5-78

图 5-77

图 5-79

图5-76 至图 5-79　利用香烟与化妆品的结合，提出悬念。说明了危害来源于日常生活，如果轻视它，无异于自杀。影像用悬念布阵，留下疑惑，使受众对作品产生一种好奇、猜测的心理状态，驱使人的好奇心与本能。

图 5-80

图 5-81

图 5-82

图 5-83

六、构成表现

在现代影像中的构成表现大多数是利用电脑对拍摄的影像进行切割、打散后构成的新影像。构成的手法是一种造型的概念，以多种单元重新组合成为一个新的元素，强调视觉效果。对于商业影像来说重点要掌握两个方面，就是平面构成与色彩构成，对构成的准确、理性、灵活掌握将使你在设计影像效果时获益匪浅。运用电脑进行影像的构成处理来制造多片相叠的画面就比较简单，可以将拍摄好的图片输入到计算机内，然后进行剪裁、拼贴和组合，可以构成新颖的影像，形成强烈的视觉效果。

图 5-82、图 5-83　这组影像是通过电脑将图片打散、切割后再重新创作构成的新影像。图片表现了社会工作中人的种种精神状态，给人一种全新的感受。多种图片的重新组成过程实际上是一种再创作的过程，可以产生不同于从前的视觉效果。

图5-84 化妆笔线条的疏密构成可以产生流动感，这则影像作品就是利用了这种韵律感与动感，恰如其分地表现了化妆笔不可缺少的重要性。

图5-85 本则影像在色彩上已经形成了鲜明的对比，从构成上来说鞋子与鞋子之间构成面的元素，而鞋面上的黄色条纹之间形成线的构成，这两种关系的存在使得画面顿时生动起来，冲击视觉。

图 5-86

图 5-87

图 5-88

图 5-86 至图 5-88 三组唇膏影像是应用电脑进行的处理、剪裁、拼贴和组合，制造影像相叠的画面，能够更好地、多角度地表现产品的细节，形成强有力的构成视觉效果。

图 5-89

图 5-91

图5-91 影像中啤酒化作海浪，在每个杯子的形状中构成高低起伏，这种由高到低的有序画面，把畅快淋漓的感觉表现无疑。

图 5-90

图 5-92

图5-92 将与产品颜色相同的橙色方块形成面的构成，看似随意的堆砌其实是精心推敲出来的，疏密的摆放使得画面有生气，留出文字的部分也是在视觉中心点上，体现出生活也应该是这样随意中透露出精细。

图 5-90、图 5-91 本则影像是酒精饮料，代表的是火热的激情和火热表白，鲜红的指纹和嘴唇的纹理构成，是酒精饮料对人所产生激情的最好证明。

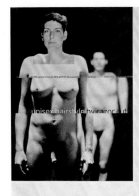

图 5-93

图 5-94、图 5-95

　　本组影像是通过身体的某些细节与产品的联系来共同进行展示的创意，表现产品造型的同时也体现了产品的效果，使人一目了然。

图 5-94

七、意境表现

　　意境是所有艺术作品都必须具备的特征，人们常用"情景交融"这句话来解释意境。商业影像特别应该具有意味深长的、优美的意境，在创造影像的意境时，必须调动一切必要的影像语言和构图元素去充分表达，应该含蓄与张扬并存、藏与露恰当、象征与暗示并举，给观众留有充分的联想和想像的余地。

图 5-96

图 5-97

图 5-96、图 5-97　另类的 DIESEL 系列影像推崇的是一种情感意境的表现。可以用"情景交融"这句话来解释其中的影像意境。画面中利用一种含蓄与张扬并存的氛围渗透着商品的信息。

图 5-98

图 5-99

图 5-103

图5-102、图5-103　这两则化妆品的影像所寻求的是一种古典、复古的唯美意境。此情境能让人不禁产生遐想。

图 5-100

图 5-101

图 5-104

图5-99至图5-101　一组系列影像以黑白画面配以意味深长的意境场景,让人们禁不住时刻注意着、遐想着。画面中象征与暗示并举,给观众留有充分的联想和想像的余地。

图 5-102

图 5-105

八、逆向思维表现

逆向思维是创造性思维的一种方法，是创造一种在人们的经验以外的事和物，当人们遇到他们不该遇到的东西或看到与他们的视觉经验不符合的事物时，人们的正常心理往往受到程度不同的震动和冲击。许多优秀的影像，往往人为地制造出许多反理性的即超现实主义的表现，使影像产生了很强的震撼力，在艺术设计中运用逆向思维的影像元素可以吸引受众的视线，并引起好奇和思考，从而记住内容，容易达到商业目的。

逆向思维其目的在于创造更为新奇的广告形象，在浩如烟海的影像中脱颖而出，达到商业设计增大注意值的目的。根据心理学的观点，人们的视觉注意力集中在一张画面上至少要三秒钟，才能在观者的头脑中留有记忆。用摄影手段创作出来的逆向思维作品，往往以其令人震惊而又悬念百出的奇妙景象，使人们改变对商业信息的漠然置之与天生厌烦的态度。

图5-106　为什么一只大猫咪能钻进了小小的老鼠洞里呢？这是与人们平时的视觉经验不符合的，此时人们的正常心理受到不同程度的震动和冲击。最后运用逆向思维的想法可以知道其实是因为它喝了百事低糖型可乐的最终结果。

图5-107　充分利用符号语言的魅力，制造出许多反理性的即超现实主义的表现，使影像产生了很强的震撼力，从而使影像达到商业目的。

图 5-108

图 5-109

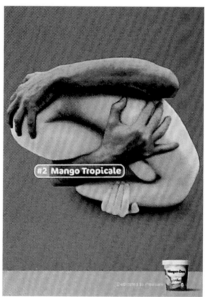

图 5-110

图5-108至图5-110　广告语：献（身）于享乐。
一向以性感风格出现的哈根达斯，巧妙地运用了逆向表现和超现实主义，给观众留有充分的联想和想像的余地，将追求个人享乐的最高体验推向极至。

图5-III LCBO威士忌的广告,说明饮酒和驾车都不会引起交通事故,但酒后驾车就会引起交通事故。利用这种不合逻辑的想法使创意更为新奇,能让影像脱颖而出,达到商业设计增大注意值的目的。

图5-II2 "拿着半价的卡他也能跳过去",就是从另一面反映出了企业价钱降低,服务水平并未降低。

九、色彩表现

大自然缤纷的色彩使我们这个世界充满了神奇,商业产品的色彩设计也是从自然界的色彩中提取精华设计在商品之上,使得商品拥有了自身的个性色彩。企业同样拥有着自身的形象色彩与品牌色彩,为了传递企业的观念和信息,色彩的表现在商业设计中起着很大的辅助作用。

影像的色彩表现分为两个大的方面,一是无彩色的表现,这是从色彩学的定义上来说的,也是相对于有彩色方面来说的。黑、白、灰的颜色,它们不带任何色相,但普通人们在观看物体的色彩时,则可以明确地说这物体是黑色或白色,从人们的思想上也是有着明确的色相的。无彩色的影像表现可使画面增加一种神秘感和怀旧感,影像通过处理成黑和白两极的颜色来表现还可以使人们的视觉受到强大的震撼。二是有彩色的表现,使用有彩色的表现则为影像的商业设计带来了更丰富的变化。有彩色影像可以更全面、更真实地表现商品的本来面貌。有彩色也会使影像更加意境深远,给人带来无限的遐想和美感。在进行商业影像的色彩表现时,一般需要从以下几个方面去思考:

1. 心理色彩:色彩能反映人的感情,在长期的生产和生活实践中,色彩被赋予了感情,成为代表某种事物和思想情绪的象征。不同的色彩能给人以心理上的不同影响,能激发人们情感。色彩与人的心理有着很大的关系,如红色象征喜悦,黄色象征高贵,绿色象征生命,蓝色象征宁静,白色象征坦率,黑色象征恐怖等。在影像中必须懂得色彩与感情的联系,有目的地运用色彩,进一步表现好作品的主题。

2. 色彩和谐与对比:和谐可能是色彩之间最能引

起人们感情共鸣的反应之一,并且可以帮助你控制影像的气氛,使影像具有意境,因为影像画面中各种色彩性质的相似而产生一种和谐美观的画面。和谐的色彩表现在商业设计中有非常重要的意义,可以使商业设计更整体,也就更容易引起观者的注意。和谐的色彩从传播信息的角度来说,更能够使信息统一而不会产生异议。和谐的色彩影像在于对物体色以及环境色的理解,通过色彩有效地组织和搭配出多样和谐的色彩画面的影像。色彩对比是相对于色彩和谐而言的,一般在一个影像画面中单一的色彩最和谐,但是会显得太单一,使人在看这一影像的时候没有精神,所以要增加对比的因素,可以增加不同色相的颜色,也可以增加同类色相但不同彩度的颜色等,这就是对比的色彩。一件优秀的色彩影像作品永远是有对比而又统一的色彩影像作品。主要就是把握色彩对比与协调的度,可以从色相的强度、冷暖的关系、色彩的纯度、画面中色彩所占的面积这四个方面去考虑色彩的协调与对比。把握分寸,才能表现出多样统一、对比协调而又具有美感的影像。

总之,学会创造性地表现影像的色彩是商业设计者和商业摄影者应该追求的目标。

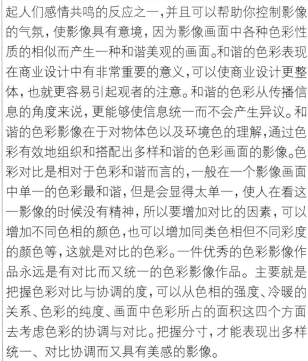

图5-II3 冷与暖对比强烈的影像往往可以吸引我们的眼球,橙黄色已经十分醒目地表现了该饮品,激发了消费者的购买欲。

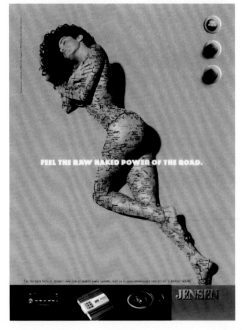

图5-II4

图 5-115

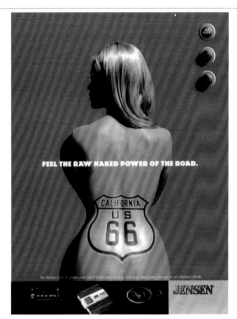

图 5-116

图 5-117

图 5-116、图 5-117　色彩在女性身上的应用十分普遍，搭配的不同可以让人产生不同的心理作用，通过强烈的色彩对比体现商品另类的个性和视觉冲击力，在拍摄时应注意色彩的相互关系，让色彩来表达情感。

图 5-118

图 5-119

图 5-118、图 5-119　影像的绿色与树叶传达了春天的气息，整个画面处在和谐、融洽的氛围中，让人心里豁然开朗。色彩和谐最能引起人们感情共鸣的反应，可以帮助你控制影像的气氛，使影像具有青春活力的意境。

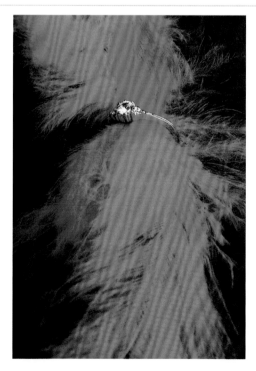

图 5-120

图 5-121

图 5-122

图 5-121、图 5-122　鲜花环绕着美丽的脸庞，色彩的构成十分丰富，色彩赋予了它们无限的生机和希望。我们不难发现它们采用了同样的摄影手法，形成强烈的色彩对比。拍摄此类作品时应注意曝光和亮度的控制，这样才能更好地体现颜色。

图 5-123

图 5-124
可口可乐利用亮丽的色彩对比让你爱不释手。它从色相的强度、冷暖考虑色彩的协调与对比，把握分寸，表现出多样统一、对比协调的美感。

图 5-125
这是美国报业协会的报纸网络针对广告商做的宣传：当你把你的彩色广告放到黑白印刷的报纸版面上的时候，这就是你能够看到的效果。画面很好地运用了彩色与黑白的对比。

图 5-126

图 5-128

图 5-127

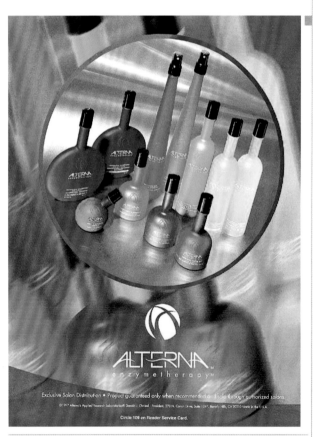

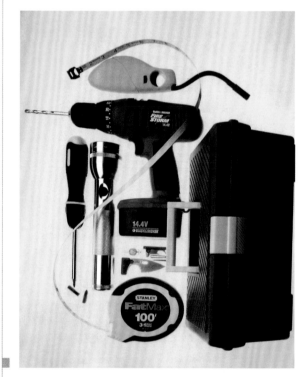

图 5-129

图 5-126、图 5-127　色彩比图形和文字传递速度更快，视觉冲击力更强，画面丰富的色彩组合就更能够获得受众的第一印象，捕获受众的视觉注意。

图 5-130
哈根达斯同类色的运用让冰淇淋看起来更纯正、高贵，使一向坚持以优质原料来制作冰淇淋的哈根达斯更增几分贵族气息。

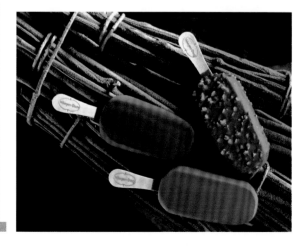

第三节 商业影像元素在艺术设计中的创作原则

一、针对性与传达性原则

商业影像是为了一定的商业目的而创作的,在艺术设计中的主要功能是传播企业、商品、品牌等的相关信息,因此,影像的创作应该针对企业的所有活动来开展。另外,针对性是指在平面商业艺术设计中,商业影像是针对一定的消费群体的,因此必须创作出消费者喜爱的影像作品,而不是一味地追求艺术效果而不顾消费者的感觉。通过对商品的信息进行有针对性的影像创意,配合其他设计元素的整体设计,使商品在消费者心中树立起良好的形象,从而达到一定的商业目的。从传播的角度来说,就是与观众沟通,我们一定要把信息关联到读者的需求上面。

商业影像的传达性原则就是,在创作之时,我们一定要考虑影像所带有的商业信息。商业影像的目的是为了传达商业信息,使消费者能通过对影像所带的信息的了解而喜欢企业、商品以及品牌。这对于商业影像来说使命就已经完成。因此,影像是在制造可供视觉传达的信息,可以让消费者更快捷地、准确地明白信息的内涵。由于商业影像的传达性,就要求商业影像的创作者对产品的理解,能够用较高境界和艺术品位来把握表现信息的细节,强调影像与产品、企业及品牌之间完美的结合,最终完成商业影像所要表达的主要信息,展现给受众独特的平面图片艺术。影像的宏观表现形式是一种美学概念,传达影像本身的含义。

图5-131

图5-132

图5-133

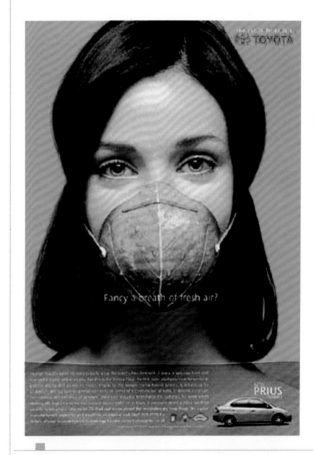

图5-134 丰田 Prius 汽车正在经历一场前所未有的从燃油汽车到零排放的纯电动汽车的变革,所以具有针对性地提出"呼吸新鲜空气"的理念,并传递出无污染的纯电动汽车的优点。

图5-135 皇冠伏特加酒广告的目的是有针对性地传达皇冠酒类的信息,使消费者能通过不同的角度对影像广告所带的信息进行了解,并喜欢企业、商品以及品牌。

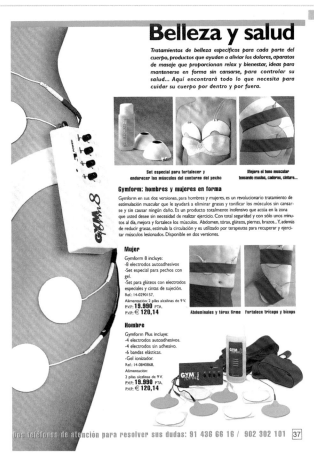

图 5-136 按摩器的推广，通过对人体各部位有针对性的介绍，以直观的影像达到了传递按摩器各种功能的效果，针对性与传达性的结合十分到位。

二、注目性原则

在艺术设计使用影像元素时，注意是第一重要的，如果人们没有看见或视而不见艺术设计的作品如包装、广告的画面，就谈不上传播信息了。虽然在平面艺术设计中影像有时并不是主要的元素，但在许多时候影像在平面艺术设计的画面中是首要的而且是重要的元素。影像的视觉冲击力主要由影像构成的形态、色彩及内容等要素所形成，这些要素通过形态的节奏、韵律以及色彩的冷暖、进退等形式法则，加上吸引人的内容情节等，形成视觉感官刺激，激发了人们的视觉兴趣，并引起注意，这是艺术设计成功的第一步。另外，画面的简洁也能够产生较强的视觉冲击力，是使人注意的一个重要环节，因为现代信息时代，漫天的信息在我们眼前晃动，这时，简洁的信息就能引起我们的注意。

注目性可以有两个方面的含义，一是影像本身引起的视觉注目，这就是说影像的创意、制作水平很高，有引人入胜的形式与内容；二是影像元素与其他设计元素搭配得当，整个艺术设计画面能够给人以强烈的吸引力，从而能够得到观者的注目。影像是视觉艺术，它需要通过艺术感染力吸引受众的视线，通过各种影像元素的变化，达到完美的效果，使影像具有注目性。

图 5-137

图 5-138

图 5-139

图 5-142 LV 包永远都是女性梦想的美丽奢侈品,将夸张的皮箱与建筑形成强烈的对比,除了影像本身引起的视觉注目外,更给人以强烈的视觉吸引力与震撼力。

三、影响力原则

商业影像对于客观事物的揭示具有一定的思想深度,摄影师要善于在平凡的生活中以敏锐的洞察力挖掘出使人激动不已的意蕴来,使影像具有深邃的思想认识价值和生活哲理。这种哲理有助于深化影像主题的思想和感情,它所提出的问题和表达的哲理,是社会大众所关心的,而且是以渗透人性的生活现象展开的,因而能使目标消费者产生强烈的感情共鸣,使影像具有很强的心理渗透力和影响力,增强了打动人心的力量。

这种具有很强心理影响力的影像,震撼着人们的心灵,撞击着人们的灵魂,激荡着人们的胸怀,让你震惊、反思、自省,使你久久难忘,终生永记。

在商业影像中,趣味性也表示着影像作品的吸引力、记忆度和影响力,在设计创意一件影像作品时,必须利用一切可以利用的因素使影像生动和有趣,如光、影、色彩、情节等。平淡无奇的作品会使人厌烦,而有趣味,有吸引力、影响力的东西使识记的可能性几乎增加一倍半。

图 5-143
人头顶上顶着厚厚报纸的画面已经告诉我们只要是有趣味、有吸引力、有影响力的东西,就容易让人产生较强的识别性。

图 5-144

图 5-145

图 5-146

图 5-144 至图 5-146　DIESEL 的影像提出的问题和表达的哲理，是社会大众所关心的，而且渗透着人们的生活现象，因而能使目标消费者产生强烈的感情共鸣，使影像具有很强的心理渗透力和影响力，并打动人心。

图 5-147　利用自由女神像作出的造型，鼓动大家共同参与到宣传活动中去，影响力是巨大的。

图 5-148　影像中火柴与树木的结合，给人的不仅是一种警示作用，并影响所有人去爱护每一寸森林资源，"拯救亚马孙河，严惩纵火者"。

图 5-149

图 5-150

图 5-151

图 5-150、图 5-151　PUMA 运动鞋

这系列影像图片的颜色和构图都单纯简约，其中动物自身颜色与鞋子的颜色融合为一体，为大家展现 PUMA 的诱人之处。它们小巧可爱的身躯，能不让你也产生想拥有它的冲动吗？

四、共鸣原则

商业影像在艺术设计中的信息传播作用告诉我们，要达到传播目的，首先要引起注意，然后就需要读者接受信息。引起共鸣是使读者接受信息的一条很重要的原则，一件艺术作品不能引起人们的共鸣称不上是好作品。艺术设计中广告和包装中的影像更需要引起消费者的共鸣，才能使消费者认同企业或产品，才能使他们按照信息的指示去购买商品。在引起共鸣的信息传播中，亲和力主要是以一种让人乐于接受的方式，一种情感的心理攻势，给读者以柔和、亲切、友善的心理感觉，让人体验一种平等、真诚、可信的购买氛围，是一种机智的软性推销，非常容易引起人们的共鸣。以情动人，不是大声喧哗，以势压人，而是轻轻道来的低调处理，在极具感情色彩的气氛中传递商品和服务的信息。

现代艺术设计十分注重感情原理的运用，尤其对于那些具有浓厚感情色彩的设计主题，更是着力渲染情感和亲切动人的影像，诱发消费者产生感情共鸣，沉醉于影像所给予的欢快愉悦之中，自觉地接受信息。因为只有在感情上打动人心的形象，才具有非常强的吸引力，这种影像的"感情设计"，把企业和商品赋予人的感情色彩和浓郁的人情味，运用幽默、比喻、暗示等艺术手法，创造特定的意境，把"销售概念"寓于其中，用鲜明的感情色彩唤起人们的潜在消费欲求。

图 5-152
影像上的妙龄女郎姿态婀娜，整个画面充满浓厚的感情色彩，诱发消费者想知道关于她的故事的情感，使其沉醉于影像所给予的欢快愉悦之中，自觉地接受信息。

图 5-153

图 5-154

图5-153、图5-154　孩子给人以柔和、亲切、友善的心理感觉，用孩子来做影像是一种机智的软性推销，很容易得到消费者的共鸣，画面上的孩子化身为可爱的小动物，有着天使般的灿烂笑容，非常容易感染消费者。在拍摄孩子时，摄影师应注意抢拍。

五、美感原则

爱美之心人皆有之，美感是商业影像所追求的重点之一，当人们接触到美的事物时，往往无需经过认真的思考、逻辑的推理或理论的论证，就能一下子直接感受到事物的美。美感是由审美对象身上客观存在的，在审美主体心中所引起的喜悦、欣赏心理及对其做出审美评价的心理过程。从通俗意义上讲，艺术最大的功能是激发人的美感，使人产生愉悦的感情。在影像创作中尽可能多地运用形式美的法则即多样统一的原则加上前面所说的意境，就可以使影像具备一定的美感。

爱美是人的天性，作家高尔基说过："就天性来说人都是艺术家，他无论在什么地方，总是希望把'美'带到他的生活中去。"影像艺术除了具有传播信息的功能外，还具有精神领域的美学特征，有着丰富的审美内涵。影像艺术同其他艺术一样具有审美价值，它依靠经过艺术处理的富有感染力的形象，给人以强烈的、鲜明的、耐人寻味的视听享受。一个毫无美感的、缺乏艺术感染力的平面设计影像，是很难进行信息传播的。影像创作常以优美、壮美、崇高、幽默、喜剧等美的形象，把企业理念与品牌内涵的美集中地、典型地、理想地表现出来。它用柔和之美，给人以温馨愉悦之感；用刚毅之美，给人以刚烈激荡之感；用圣洁的崇高之美，给人

以动人心魄之感；用奇趣幽默之美，给人以回味悠长之感；用风趣的喜剧之美，给人以轻松可笑之感。以此来激发人们对美的追求与崇尚，使读者在享受着审美快乐的同时接受了影像带来的信息。

许多成功的影像都是从不同的角度向人们展示了美的风姿与光彩，给人们不同的审美享受，正是这种美的魅力驱使着消费者的幻想与追求，以求自我形象的不断提升与完美，这正是美的感召力量。因此，能够传播的影像应该具备美感。

图 5-155
女性柔软的身体，已经具有柔和之美，给人以温馨愉悦之感，美感让画面与商品结合得更贴切、细致。

图 5-156

图5-157 Absolut绝对伏特加 以美好梦幻意境打动人心的伏特加,非常经典,同时以圣洁的崇高之美,给人以动人心魄的感觉。

图5-158 女人生下来就是爱美的动物,对于女性用品的影像更要求以美感为前提。女性眼部绚丽的眼妆与鸟儿的结合向人们展示了女性的另一种美。正是这种美的魅力驱使消费者产生幻想与追求。

现在，由于照相技术日益发达和照相机的普及，影像的制作也变得越来越简单了，特别是数码影像的发展和电脑软件的创意手段多样化，使得大部分人都可以制作影像作品了。但是要制作精良的商业影像，还是需要一定的空间和设备设施的，对技术的要求也非常高，这里我们简单了解一下影像制作的空间、基础设备与技术。

第一节　摄影棚以及基础设施

对商业影像来说，绝大多数都是在摄影棚内完成，如拍摄商品和模特儿等。摄影棚场地要求最小的工作间面积应在30平方米左右，当然工作间面积越大越好，利用旧的仓库或汽车库以及工厂的旧车间厂房等加以改造，是个省钱省力的办法。

摄影光源包括自然光源和人工光源两大类。在商业摄影中，室内人工光源是最重要的光源。

摄影棚内经常使用的光源有：普通白炽灯、卤钨灯、闪光灯等，摄影灯具有：散光灯、聚光灯两大类。另外，还有各种柔光灯箱、反光屏、反光伞等辅助照明用具。

一、照相机的基本结构

在过去160多年的摄影史中，许多不同设计的照相机诞生、改进或被淘汰。现在微电子技术的引入以及数码照相机的发展，大大提高了照相机的整体性能。

照相机是一种逐幅记录影像的仪器。为了能可靠、稳定地完成拍摄影像任务，多数相机都是由以下的功能部件组成：

镜头：将外界的景物聚焦成像。多数镜头上设有光圈，如同眼睛的瞳孔，可以调节光的亮度。镜头可以按焦距的长短分类。在同样的拍摄距离上，焦距越短所成

的影像越小，拍摄的范围越大；焦距越长形成的影像越大，拍摄范围越小。

调焦机构：将镜头对不同距离的景物所成的影像投射到胶片的乳剂平面上，以保证影像的清晰度。

快门：调节曝光时间的长短，与光圈配合控制对胶片的曝光量。

输片机构：严格控制胶片的位置，并在每次拍摄后更换一幅未曝光的新胶片（数码相机则是存储卡）。

取景器：显示所摄景物的范围，以便在拍摄之前确定照片的构图。

记数器：显示已经拍摄或尚未拍摄的画幅数量。

在档次较高的相机上还有测距与测光机构，数码相机都使用电子测距与测光，用以提高调焦与曝光的精度。在小型相机上常有内藏闪光灯，以便在暗光下摄影。

二、照相机分类

照相机可以按使用的胶卷、用途、自动化程度等多种原则分类，其中根据不同的结构可以分成以下几大类：

1. 平视取景照相机

平视取景照相机是使用透射式的取景器，取景器在镜头的旁边，二者光轴互相平行。这种相机取景方便、体积小巧，便于携带使用，且价格低廉，是普及型的照相机，可供一般家庭记录生活和旅游摄影。根据各部分功能的差异，平视取景照相机又可以分为以下几种：

手动曝光的传统机械相机。靠以手动调节光圈、快门，控制曝光量；能够在取景器中借助调焦装置精确调焦；很多相机还具有测光功能。由于具备了进行创意摄影的基本条件，可以作为初学摄影者的入门相机，特别适合摄影爱好者使用。

平视取景相机的缺点是它们的取景器和调焦装置都有一定的误差，距离越近误差越大。多数相机不能换镜头，因而带来极大不便。

2. 单镜头反光相机

单镜头反光相机（简称单反相机）通过反光镜在毛玻璃上调焦取景，升起反光镜，开启帘幕式快门对胶片进行曝光。由于取景拍摄都通过同一个镜头，克服了前一种相机取景调焦有误差的缺点，取景器中所见到的即可拍到，具有可以在中途更换各种镜头，可以使用各种滤光镜，并可直接观察其效果，可以近摄翻拍等很多功能。因相机使用了五棱镜装置，所以能直接观察与视觉效果一致的景物。它是摄影创作的首选机种。

3. 专业座机

使用大底片的机背取景专业座机利用机背的毛玻璃调焦、取景，由于机背与镜头板均可升降、平移、摇摆，可以取得多种特殊的拍摄效果。机背取景的专业座机调节复杂，不易操作，主要供职业摄影师拍摄静物、广告、产品、建筑等静态被摄物。专业座机分为体积庞大的单轨相机和可折叠的双轨相机。

4. 数码相机

数码摄影是利用数码技术和设备拍摄处理图像的方式。数码相机无需使用传统的胶片。用数码技术不仅可以对图像进行加工制作，还可以把传统方式获得的照片（包括正片、负片和照片等）经过扫描或其他方式转换成数码图像，并利用数码技术对其进行图像处理、编辑和输出。

计算机的普及和应用为数码摄影的迅速发展提供了条件。毫无疑问，数码摄影技术以其节省时间、节约资金、调存取方便、富于创意想像以及环保等优势，被日益广泛地应用在新闻、人像、商业摄影以及资料存档等多个领域。

传统相机与数字相机都需要通过镜头形成光学影像，因此都有机身、镜头、调焦及曝光系统。但是由于记录与保存影像的方式不同，数码相机的构成在传统相机的基础上发生了很大的变化。用光电转换器件代替胶片后必然取消了传统的输片机构。相应地，数码相机中必须设置足够的存储器以便记录影像的数据。为了及时了解所摄影像的质量，数码相机增加了液晶显示屏，甚至用显示屏代替光学取景器。拍摄后可以利用显示屏回放所记录的影像，如果不满意，可以删除重拍。数码相机还设有向计算机输出数据的接口。数码相机所记录的影像能通过屏幕显示或经打印输出为可见的影像，也可经网络传输或用各种磁盘或光盘以数字形式存储。

图 6-1

图 6-2

第二节　影像拍摄基础

照相机的品种五花八门，使用的方法也各不相同。但相机的操作程序大体一致，至于特定型号相机的具体操作方法，只有仔细阅读说明书才能掌握。

一、调整相机的拍摄模式

拍摄模式是指相机测光、曝光、调焦、输片、闪光灯等系统的工作方式。在机械快门手动曝光的相机与中低档的傻瓜相机中，各系统只有一种工作方式，无需调整。在中高档的相机中多数应预先调整以下工作模式：

调节测光模式。一般优先选择"多分区测光"或"偏中心重点测光"。

调节曝光模式。缺乏摄影经验时建议优先选择"程序曝光"模式。

调节调焦模式。在自动调焦的单反相机中，一般首选"单次调焦"模式或智能自动调焦模式。

调节输片模式。优选"单次输片"模式。

如相机设有重置按钮（标有"R"、"RESBT"或"P"等标记），按动此钮，相机即自动按以上方式设置。当相机模式选择盘上有"人像"、"风光"、"运动"、"微距近摄"等模式代号时，根据拍摄题材选择相应的图标即可设定全部模式。有经验的摄影者应根据拍摄的内容灵活地选择各种操作模式。

二、调节相机的参数

1. 输入胶卷感光度。具有测光功能的相机必须设定胶卷感光度。现在多数135胶卷的暗盒上部印刷了黑白相间的方格，称为"DX编码"。若机身的暗盒仓中可以见到小触点，则这些触点与暗盒上的DX编码接触，可自动设定胶卷感光度，这称之为相机有"识码"功能。无识码功能的135相机或120相机每次换用新胶卷后，均应立即手动输入胶卷感光度。使用机械快门的相机还必须根据景物亮度调节快门与光圈。数码相机同样可以根据拍摄环境调整数码感光度（见相机使用说明）。

2. 通过镜头上的快门调速环或机身上的快门调速盘调节快门的曝光时间。相机标注的1、2、4……125、250……代表曝光时间分别为1秒、1/2秒、1/4秒……

1/125秒、1/250秒……每变化一级相差一倍。手持相机拍摄时，为了防止按快门时相机振动影响照片的清晰度，快门的速段不宜低于镜头焦距的倒数。例如使用50毫米焦距的镜头曝光时间不得低于1/60秒。

多数镜头都是通过转动光圈环调节镜头的光圈。光圈刻度都按1.4、2、2.8、4、5.6、8、11、16、22、32……设计，称为光圈系数。刻度值越小、光圈孔径越大，通光能力也越强。相邻两级光圈的通光量相差一倍。设定光圈时，光圈坏叮以置于两刻度间的任何位置处。

三、拍摄

选择好适当的拍摄时间和拍摄对象时，就可以进行拍摄了。拍摄技术分以下几个步骤：

1. 调焦

多数手动调焦的相机都是通过旋转镜头的调焦环或机身上的调焦钮调焦的。当单反相机调焦屏上的影像变清晰时，当有测距功能的平视取景相机取景器中心的两个影像重合时，表示已经调准了焦点。对调焦精度要求不高时，也可以根据调焦环上的距离刻度调焦。

自动调焦的相机将主体置于取景器的调焦区内，半按快门按钮，当调焦指示灯亮或调焦标记出现，表示调焦成功。

2. 构图取景

根据景物的特点选择适当的拍摄位置、拍摄角度、镜头焦距，按自己的创作意图，安排主体的位置、大小、造型、用光及整个画面的影调。

3. 拍摄

按动相机快门的手法应稳定而轻柔，以减少相机的振动。如何稳定地握持相机与释放快门是初学摄影者练习的重点。持机的姿势：左手应持机身或托着镜头，肘部应紧贴胸部。吸一口气后屏气拍摄，以减少呼吸的影响。只要有可能，身体尽量依靠在墙壁、树木等可依托的物体上。低视点拍摄时可以采用坐姿、跪姿稳定持机。使用长焦镜头拍摄应尽量使用三脚架或利用结实稳定的物体为依托以减少振动。使用袖珍相机竖拍时应使闪光灯位于镜头的上侧，注意手指不要遮挡闪光灯。

在拍摄人物照片时，应预先调节曝光量并初步选定镜头焦距段，先不露声色地确定拍摄角度与拍摄位置，用眼睛观察用光与构图。一旦将镜头对向被摄者后应尽快调焦、取景，争取在10秒内拍摄完毕，可以有效地减少被摄者的紧张情绪，得到更自然的照片。

4. 自拍

自拍机构可以在按下快门按钮后延迟10—15秒开启快门，使摄影者能走到相机前拍摄自己的影像。使用自拍应注意：先上紧快门再上紧自拍。

自动曝光或自动调焦的照相机不要在镜头前启动自拍，否则可能影响测光与调焦。自动曝光的单镜头反光相机使用自拍时最好能挡住取景器的目镜，以防外界光线影响曝光的精度。

第三节　影像的后期电脑处理技术

目前，数码影像的发展和电脑印刷的普及，使影像的创作技术越来越简单易操作。通过电脑软件就可以进行许多影像的创意设计。

电脑技术的快速发展使得绘图软件的功能不断完善，许多的特技效果与影像图片的结合吸引了人们的眼球，它为人类开拓了浩瀚的想像创作空间。利用电脑图像软件，我们可以大量丰富影像的表现魅力，无论多么天马行空的创意，都可以在其辅助下实现。

一幅普通的影像图片常常过于平淡，无法激起人们太多的联想，这样影像要传达的商业信息是不能达到很好的效果的。此时我们可以适当地在电脑中对影像进行艺术化的处理，使得影像的内容与形式完美结合，吸引人们的视线，引起他们的兴趣，这样可以大大提高信息传达的效果。Photoshop是美国Adobe公司推出的图像处理软件，在平面设计与制作、图形图像处理领域占有重要的地位，一向以图像魔术师著称。该软件可以对影像的色彩进行调整、处理以及改变影像的色彩，还可以对影像的形状进行多样的加工或修改。Photoshop对物体照射光线的把握可以让平面的物体产生光影效果，比如阴影效果、光盘的质感效果，还可以使影像作品成为超现实主义的艺术作品。利用软件的各类滤镜还可以对影像进行多种艺术加工。我们经常在影像作品中见到一些质感丰富的物体，视觉上立体逼真的影像作品，就是使用滤镜的特效处理的结果。滤镜还可以产生光源的物体效果，比如火焰的爆炸效果、电流的特效和水波特效等。滤镜对平面影像设计师来说像支神笔，实现了许多令人惊叹的特效，有些滤镜的使用，让画面真实，不留处理的痕迹，使影像的魅力得到无限的提升。

与Photoshop类似的软件还有CorelPHOTO和Painter软件，是Corel公司出品的两款图形图像处理软件，都可以对影像作品进行多种效果的处理。

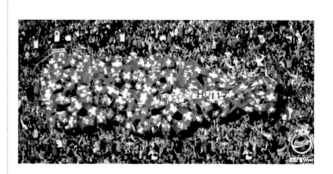

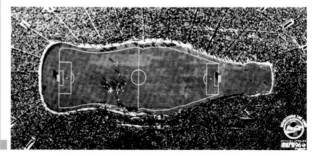

图6-3

图 6-4

图 6-5

图 6-4、图 6-5 "想在城市中自由自在地游泳吗？"通过影像的电脑后期处理，就可以实现目标，像魔术师般让画面充满生机与活力，使创作者的创意意图轻松实现。

图 6-6

图 6-6 相信大家一定会为影像所产生的效果感到惊艳，通过电脑的处理没有不可能做出的效果。这幅影像作品之所以效果好是因为作者考虑到了单个元素和周围的联系，比如人物身上的光泽与月亮之间的联系，这些都是微妙的关系，都需要我们好好体会。

图 6-7

图 6-8

图 6-9

图 6-7 至图 6-9 作品是运用了电脑滤镜中的水彩画效果绘制出来的，制作这样的效果时需要作者有极大的耐心和对艺术的热爱，这样制作出来的效果才不会呆板、毫无生气。投入感情绘制出来的图片好像自己会说话，告诉你一个关于商品的故事。

图 6-10

图书在版编目（CIP）数据

影像／陆红阳，喻湘龙主编 . —南宁：广西美术出
版社，2005.2
　（现代设计元素）
　ISBN 7-80674-911-X

Ⅰ.影…　Ⅱ.①陆…②喻…　Ⅲ.①电影—美术设计
（电影）②电视—美术设计（电影）　Ⅳ.J913

中国版本图书馆CIP数据核字（2005）第010711号

现代设计元素·影像设计

艺术顾问／柒万里　黄文宪　汤晓山

主　　编／喻湘龙　陆红阳

编　　委／汤晓山　喻湘龙　陆红阳　黄卢健　黄江鸣　江波　袁晓蓉　李绍渊　尹　红
　　　　　李梦红　汪　玲　熊燕飞　陈建勋　游力　周　洁　全　泉　邓海莲　张　静
　　　　　梁玥亮　叶颜妮

本册著者／汤晓山

出 版 人／伍先华

终　　审／黄宗湖

图书策划／苏　旅　姚震西　杨　诚　钟艺兵

责任美编／陈先卓

责任文编／符　蓉

装帧设计／八　人

责任校对／陈宇虹　罗　茵　尚永红

审　　读／林柳源

出　　版／广西美术出版社

地　　址／南宁市望园路9号

邮　　编／530022

发　　行／全国新华书店

制　　版／广西雅昌彩色印刷有限公司

印　　刷／深圳雅昌彩色印刷有限公司

版　　次／2006年9月第1版

印　　次／2006年9月第1次印刷

开　　本／889mm × 1194mm　1/16

印　　张／6

书　　号／ISBN 7-80674-911-X/J·614

定　　价／36.00元